KB034836

모든 순간은 사랑이었다

모든 순간은 사랑이었다

이민혁 지음

지난 시간의 기억,
오랫동안 간직하고픈

우리의 빛나던
그 순간들을 이야기하다

미래북
miraebook

삶을 빨리도 걸어보고 천천히도 걸어보고 여러 가지 방법으로 걷다가 어느 순간 잠깐 멈췄습니다. 그러곤 걸어온 길을 돌아보니 앞으로 걸어갈 길만큼 남은 시점에서 안 보이던 것들이 보이고, 보이던 것들이 다르게 보이기 시작했습니다. 배워왔고 알아왔던 상식이나 그런 줄만 알고 있었던 것들, 그리고 당연히 그래야만 하는 것들이 다르게 보이고 다르게 느껴졌습니다. 그러나 그것 역시 정답은 아니었고, 정답은 있지도 않았습니다.

다만, 확실한 것은 이전과 다르게 따뜻했고, 평온했고, 아름다웠다는 것입니다. 정답은 아니었지만 그동안 온몸에 뾰족이 난 가시와 돌기들이 무뎌지며 표정, 몸짓, 작은 행동과 생각까지 둥그렇게 그리고 점점 동그랗게 변해가고 있어서 느낌이 좋은 건 분명했습니다.

삶과 인생에 자갈밭, 가시밭이 없는 곳은 어디에도 없겠지만, 조금이라도 예측하거나 느낄 수 있다면, 그리고 공감하면서 나쁘고 안 좋았던 기억과 추억들을 새롭게 아름다운 모습으로 남길 수 있다면 좋겠다는 생각을 했습니다.

기록으로 남기고 싶어서 펜을 들었습니다. 그러나 글이란 것을 잘 몰랐습니다. 그래도 써보았습니다. 그러니 세상의 빛이 조금 보였습니다. 그리고 잔잔한 평온이 남았습니다. 행복이었습니다.

행복이 멀리 있는 줄 알았지만, 행복은 원하면 곁에 있고 회피하면 달아나는 것이 분명했습니다. 평온하고 잔잔한 마음으로 바라보는 세상은 행복이었습니다. 그리고 꿈을 꾸었습니다. 꿈속에서 커다란 날개를 달고 하얀 구름이 엄청 많은 창공에서 사람들을 내려다보았습니다. 행복이 있는 곳엔 사랑이 풍성했고 행복이 덜한 곳엔 사랑이 부족했습니다.
사랑, 이별, 행복, 인생, 여운의 총 5파트로 구성되어 있는 책에서 공통적으로 말하는 것은 '사랑'입니다. 나이, 성별, 학력, 직업, 재력, 그 밖에 인간이 가질 수 있는 모든 것의 바탕은 '사랑'이 분명했습니다. 사랑은 배울 수 있거나, 가질 수 있거나, 노력 여하에 따라 공평하게 분배되는 것이 아니었습니다. 또한 기쁘고 즐거운 것만이 사랑도 아니었습니다. 슬픔과 고통 역시 사랑에 바탕을 두고 있었습니다.
죽을 때까지 많은 걸 겪으며 사는 희로애락의 인생에서 수많은 감정들의 바탕엔 사랑이 녹아있다고 생각하며 살다 보면 견딜 수 없는 괴로운 불행들이 많이 찾아와도 결국엔 따뜻하고 평온한, 포근하게 감싸 안아주는 사랑이 이 책을 읽는 당신에게도 반드시 머물 것이라고 믿습니다.

이민혁

CONTENTS

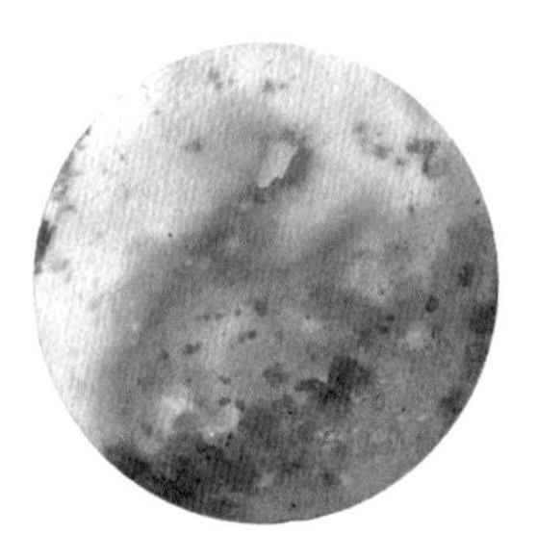

Part 1

높고도 한없이 깊은, 알 수 없는 사랑

_12

무조건 아름다워야 한다
그렇지 않으면 사랑이 아니다

Part 2

끝이 아닌 새로움으로 맞이하는 이별

사랑의 끝에서 맞이한 이별이
사랑의 멈춤에 빛나는 별이 되었다

Part 3

빛과 어둠 속에서 찾은 행복

기쁨과 즐거움, 슬픔과 고통
모두가 행복이란 걸 잊으면 안 된다

Part 4

기쁨과 슬픔이 공평하지 않은 인생

스스로를 자책하는 것만큼
가장 쓸데없는 시간 낭비는 없다

지내왔던 시간을 쌓으며 행복을 느꼈고,
지내야 할 시간의 여운을 느끼며 행복에 젖고 싶다

무조건 아름다워야 한다.
그렇지 않으면 사랑이 아니다.

Part 1

높고도 한없이 깊은, 알 수 없는 사랑

달빛을 만나다

하필 그때 거기를 갔었고
하필 그때 거기서 만났고
하필 그때 마음이 흔들려
하필 그날 내 안에 담았다.

꿈속에서조차 생각지도 못한 너와의 만남
꿈 밖에서 이룰 생각 역시 절대 못했던 그날
움직이지 않던 눈동자는
너를 보며 빛을 발했으며
잃어버린 나를 찾은 순간
안 보이던 네가 들어왔다.

그렇게 늘 그랬듯
사랑은 예고 없이 찾아오는 것이다.
언제 찾아올지 모를 사랑이 내게도….

향기

바람의 냄새를 맡아 보았다.
늘 맡는 냄새가 아닌, 향기였다.
잊었던 향기가 냄새가 되어 늘 주위에 머물렀지만 몰랐다.
그렇게 사랑은 늘 주위에 머물러 있다.
바라는 마음은 굴뚝같은데, 고개를 들어 보려 한 적은 없다.
향기를 맡고 싶었지만,
찌든 삶에 길들여진 내가 맡을 수 있는 건 냄새뿐이었다.

이젠 내 스스로 향기가 되어 보려 한다.
사랑은 그렇게 스스로 향기가 되어
다른 향기를 맡으려 할 때 서로를 알아본다.
감추려고 감췄던 향기가 아님을 알고 있다.
이젠 바람에 날려 보낸다.

너만을 비춘다

사랑은 남들이 알아보지 못하는 시간 안에서
당신만을 비출 수 있다.
화창하게 뜬 태양 아래에선 모두가 아름다워 보여
당신을 알아볼 수 없겠지만,
화창하게 뜬 달빛 아래에선 나만이 당신을 볼 수 있다.

설사 그 달빛을 다른 누군가가 본다 해도
당신에게 비춰지는 선명하고 맑은 달빛이란 건
나만이 알 수 있다.
한결같은 몸짓과 느낌으로
충분히 달빛을 머금고 비춰준다.

사랑해야 하는 이유

인연의 끈으로의 시작은
연인의 끝으로의 마침이
아니기를 간절히
기도하고 빈다.

삶의 끈조차 없는 인생이라도 보이지 않는 끈은
어느 순간 누구에게든 찾아오고 스며든다.
그렇기에 늘 희망하고 꿈꾸는 마음은
좋은 일과 인연의 시작이 될 수 있고
평온과 행복으로의 채움을 가져다준다.

그리고 시작된 행복의 시점에서 기도를 하기에
소중한 마음으로 날아와 싹튼 행복은
끝이 온다고 해도, 마침표를 찍는다고 해도
보이지 않는 끈은 사라지지 않을 것이다.

사랑과 이별은
탄생과 죽음처럼 불가분의 관계이다.
보고 느낄 수 있는 커다란 것으로 와주었다가
사라졌다 해도 없어진 것은 아니다.
얇디얇은 거미줄처럼 미세하게 남아 느낄 수 있으니
시작의 끈은 마침의 끝이 절대 아니다.
미세하게 느껴지지 않는 끈이 더욱 두꺼워질 수 있게
우리는 열심히 사랑하고 사랑해야 한다.

된 건

널 알고 만나게 된 건
우연찮은 행운 같기도 하고
하늘이 준 선물 같기도 하고
찌든 삶의 기회 같기도 하고

너로 인한 내 삶의 모든 것들은
오늘 이후부터 다시 시작한다.
그리고 넌 내 삶의 이유가 됐다.

햇살

햇살이 눈부시게 비추는 날엔
널 만날 수가 없다.
잡은 두 손의 온기는 너란 걸 느낄 수 있지만
늘 보는 네 눈의 햇살은 볼 수가 없으니
조금은 햇살이 덜한 날에 널 만나고 싶다.
그래야 네 눈의 따사로운 햇살을 듬뿍 담을 수 있다.

그렇다고 아주 흐린 날이나 비가 세차게 내리는 날은 안 된다.
어둠이 짙게 깔리면
잊었던 슬픔이 몰려와 너를 감싸 안고 떠날 수도 있으니
찰랑거릴 정도의 햇살을 커다란 눈동자에 담고 내게로 와줘라.
쏟아내지 않는 찰랑거림으로 영원히 나를 보게 할 테니….

맛있는 음식

맛있는 음식을 먹을 땐 천천히 먹는다.
젓가락으로 집기 전에 한번 보고
집고 나서 입으로 가져오는 순간을
파노라마처럼 지켜보면서 입속에 넣는다.
이미 먹어보고 아는 맛이지만
눈을 위아래, 좌우 이리저리 굴려가며
감각을 곤두세우고 최대한 느껴본다.

연인의 대화

다정해 보이는 연인이 대화를 하다가 여자가 남자한테 물었다.
"자기야! 다시 태어나도 나 만날 거야?"
순간 남자는 "당연… 아니! 다시 태어나면 더 좋은 여자 만날 거야! 그러니 자기도 더 좋은 남자 만나야지!" 하고 대답한다.
그러자 여자는 화가 단단히 났다.
남자는 곧바로 "농담이지, 장난이야!" 말하지만,
여자는 화가 쉽게 풀리지 않는다.
여자는 집에 가는 내내 말도 안 하고 남자의 얼굴을 보지도 않는다.
여자를 바래다주는 집 앞 골목에서도
남자는 여자에게 화를 풀라며 장난과 애교를 떤다.
남자는 여자의 집 앞에 다다를 때쯤 뜨거운 포옹으로
여자를 끌어안고 말한다.
"사랑해! 너만 바라보고, 너만 사랑하고, 절대 놓지 않을게."
그제야 여자의 입가에 미소가 조금 피어오른다.
멀어져가는 여자의 뒷모습을 보면서
남자는 혼잣말을 한다.
'아까 한 말… 앞말은 거짓말이고, 뒷말은 진심이야.'

너의 품속으로

아침에 일어나 때지도 않은
눈곱을 붙이고 하루를 시작한다.
맛있는 음식들의 향이 코를 찌를 때
언제나 김밥과 라면이 허기를 채워준다.
쌓이는 일만큼 삶의 무게는 끝이 안 보인다.
노을의 떨림은 붉어진 눈시울과 나란히 수평을 이룬다.
무거워진 발걸음은 기력도 잃고 길을 잃었지만
초점 잃은 눈동자는 한곳만을 향한다.
그러곤 이내 포근한 구름 속으로
빨려 들어가듯 안정을 취한다.
너의 품속으로….

다른 공간의 나

만들어서 놓여진 것이 인연이라면
만들지도 않았는데 놓여진 것은 운명이다.

좋음의 끌림으로 더 좋음을 얹고
없던 달과 별을 옆자리에 살며시 놓아
어둠을 밝혀 내 안에 넣는 인연이라면
끌림이란 단어조차 무색하다.
투명인간처럼 보이지도, 알 수도 없는 누군가를
막연히 기다리다 놓쳐버리는 것이 운명이다.

그렇게 존재를 잊고 살지만 어딘가에 놓여 있다.
우연한 기회에 알아본다면
아무 말 없이 몇 시간이고 한참을 바라보고 난 뒤
한마디 할 것이다.
"우리 어디서 만난 적 있죠?"
그러면 내가 대답한다.
"아, 제가 물어보고 싶었던 질문인데요."

생전 처음 봤는데 "우리"라고 했다.
인연보다 더 강한 것이 운명이라고 했던가?
그런데 넌 운명도 아니었다.
넌 그냥 다른 공간의 나였다.

커피 향기

커피를 안 좋아하는 사람들은
커피의 쓴맛 외의 향을 모르지만
습관처럼 마시다 보면 없어서는 안 되는
하루의 중요한 일과처럼 길들여져
어느새 향긋한 향기로 바뀐다.

익숙해진 향기일까.
기다렸던 향기일까.
너의 향기가 내게 익숙해진 걸까.
원했던 향기를 느끼고 있는 걸까.

원하지 않은 기다림이었지만 늘 곁에서 향기를 날렸기에
익숙해져 버린 것은 아니었을까.
시작이 어떻고 의도가 어떻든
당신은 내가 지금 하루를 보냄에 있어
없어서는 안 되는 중요한 향기가 되어 버렸다.

그렇게 내게 날아와 준 것처럼
나 또한 네게 날아가려 한다.

향기 없는 꽃

짧은 시간 강렬한 향으로
널 가두고 시들기보단
느낄 수 없는 향기로
영원히 네 곁에 있고 싶다.

유혹

유혹이다.
안 되는 줄 알면서
눈이 가고 손이 가는 것은
이미 무너진 것이다.

너라는 유혹은
내게 살을 찌운다.
원치 않는 살이지만
꾸역꾸역 먹는다.
달콤하니까.

그리고 두 손 모아 기도한다.
나중에 어떠한 병이 걸려도 좋으니
너라는 달콤함은
나만 먹게 해달라고.
네가 내 삶의 마지막 꿀단지가 되어 달라고.

아들이 태어난 날

자정이 가까운 시간
한적한 동네 학교 운동장 한가운데에 사랑하는 남녀가 서 있다.
여자는 울면서 이별을 말하고
남자는 달래며 이유를 묻는다.
이내 곧 남자의 귓가로 스며든 충격적인 여자의 말,
"나 아들이 하나 있어.
나는 너를 사랑하고 싶었지만, 너는 나를 사랑하면 안 되나 봐.
우리의 불행이 더 커지기 전에 나를 떠나가."

숨소리조차 낼 수 없는 남자의 뺨엔
멈추지 않는 소리 없는 눈물만 하염없이 흐른다.
달빛도 차마 그 둘을 볼 수가 없어서 숨어 버렸다.
어둠이 한참 깊어 귀뚜라미조차 울지 않는 새하얀 새벽에
둘은 미동도 없고 아무 말도 없다.
때마침 거짓말같이 내리는 촉촉한 빗방울에
흘린 눈물과 흘리고 있는 눈물이 섞여
둘의 마음 깊은 곳까지 흠뻑 젖는다.
그렇게 아침 해를 맞이하고서야
남자는 여자에게 한마디 한다.
"나를 쏙 빼닮은 아들이라 잘생겼겠구나."

아주 오랜 시간이 지나서
남자는 회상한다.
'세상에 이해 안 되는 사랑은
내가 해보지 않은 사랑이지만
남들이 이해 못하는 사랑을
내가 해보고 나니 사랑이더라.'

너랑 해

이젠 내게
“사랑해”라고 말하지 말고
“너랑 해”라고 말해줘.

사랑을 하든 뭘 하든
이젠 세상 모든 걸
나랑 하겠다고 말해줘.

너

쉴 새 없이 달려서 도착한 이곳
찬바람에 눈꽃이 떨어진 이곳
보고팠던 미소가 기다린 이곳
흔들리는 마음을 잡아줄 이곳
한 단어를 누구든 떠올릴 거야.

"너"라고.

마음이 닿는다

사랑하는 마음을 전하는 방법에는
너무나 많은 생각과 행동이 따라야 한다.
그러나 전하는 것보다 중요한 것이
상대의 마음에 내 마음이 닿는 것이다.

어쩔 줄 모르는 부끄러움으로 전해진 사랑은
얇은 종잇장 같아서 상대가 손으로 움켜쥐기도 전에
날아가 버릴 수도 있다.
최대한 두꺼운 종이에다가 꾹꾹 눌러쓴 글씨처럼
온 마음을 다하고 정성을 들여
자신의 의도가 조금도 어긋나지 않게
상대에게 전달되어야 한다.

그러면 비록 그 두꺼운 종이가 찢어진다 해도
쉽게 찢어져 기억 속에서 사라진 것이 아닌
찢느라 힘들었고 버리느라 한참을 헤맨
씁쓸하고 아픈 기억이라도 남는다.

그 기억들은 차가운 겨울을
잘 버텨내고 봄을 기다린다.
싹을 틔우지 못한 꽃은
절대 상대의 마음에 닿을 수 없겠지만
따뜻한 봄이 오면 반드시 싹을 틔워
봄날의 꽃 한 송이를 가져다줄 것이다.

사랑은 그렇게 다가가고 기다려야만
죽는 날까지 후회 없는 사랑을 한 번이라도 할 수 있다.

별빛

어릴 적 기억에 희한한 별을 본 적이 있다.
너무나 선명하고 밝은 빛의 반짝이는 주기가 불규칙한 별이었다.
나중에 위성이란 걸 알았지만
어린 마음에 신기해서 한참을 보았다.
뭔가 작은 소리로 말을 하면
불규칙한 반짝임이 대답을 하는 것처럼 보였다.

지금도 가끔 한강 둥지에 나가
짙은 구름 속에 박혀있는 별들을 찾는다.
참으로 쓸데없는 시간 때우기일 수도 있겠지만
불규칙한 빛을 내는 별과 대화를 하려 한다.
그러고는 말한다.
희미한 이름을 부르며
오늘 밤 꿈속에 나타나 달라고….

무수히 수많은 별빛에
남모를 이름을 붙이면
꿈속에 그대가 나타나
귓가에 살며시 속삭여
얼었던 내 마음 녹이네.

나는 당신에게 이랬으면 좋겠다

이미 먹어보고 아는 맛처럼 익숙해졌지만
눈 깜짝할 사이에 먹어치우는 패스트푸드가 아닌
허기진 배를 채우기 위한 음식의 채움이 아닌
휴식을 더 갖기 위한 아까운 식사시간이 아닌
여유와 평온이 깃든 함께하고 싶은 행복한 식사시간의
맛있는 음식 같은 존재, 나는 당신에게 이랬으면 좋겠다.

아파도 사랑

솔로들은 여기저기 곳곳의
달달구리 커플들을 보며 생각한다.
"언젠간 헤어질 커플들이야. 난 하나도 안 부러워!"
그런데 세상을 보면 신기하게도 진짜 많이들 헤어진다.

큰 문제도 아닌 잦은 트러블의 연속은
불신의 반복으로 믿음에 금이 가고 만남의 생명을 다하게 만든다.
어김없이 솔로들은 통쾌해하며 회심의 미소를 짓는다.

그러나 세상을 자세히 보면
'수많은 이별'보다
'더 많은 만남'이 늘 주위에 있다.
그래서 '아파도 사랑'인가 보다.

우리라는 정답

정답이 없는 세상
정답이 없는 인생
정답이 없는 사랑

그 안에서 정답에 가까운 너를 만났을 때
희뿌옇던 세상이 보이고
무감각의 손끝을 느끼고
닫혀있던 마음이 숨쉰다.

정답 없이 살아가는 모습은
갈 곳을 잃기는커녕 목적지조차 없는 방황이었지만
방황하려고 태어난 것이 아닌
너를 만나기 위해 이제껏 아무 색깔 없이 살아오다
너라는 색깔이 나를 더욱 선명하게 해주었나 보다.
나에 대한 정답이 너였듯
나로 인한 네 삶의 정답은
우리이길 바란다.

변하지 않는 것

나는 떡볶이를 좋아한다.
아직도 먹고 싶은 특정 떡볶이가 있으면
조금 멀더라도 시간을 내어 찾아가서 먹는다.
가끔 주위 사람들이 놀린다.
애들 입맛이라고….

그럼 어른 입맛은 무엇일까?
얼큰한 해장국과 술도 좀 마실 줄 알아야
진정한 어른 입맛일까?
생각해 보았다.
어렸을 땐 쉽게 접하거나 먹어보지 못한
음식과 각종 기호 식품들을 성인이 돼서 접해보고
자주 먹다 보니 익숙해졌을 수 있다.
또는 사회생활로 인해 다수가
손쉽게 접하거나 먹을 수 있는 음식에 길들여지는 경우도 많다.
맞는지는 잘 모르겠지만
원래부터 그랬던 건 아니고 새로움으로 인한 변화일 것이다.

그러나 변한 입맛이라도
잊었던 입맛은 언제든 떠오르고 찾게 된다.

수많은 사람들이 스쳐 지나가고
결국 당신을 만나고 당신에게 익숙해진 건
결코 우연이 아니다.
당신은 변하지 않는 나의 몇 가지 중
가장 큰 하나였으니까.

투명한 마음

너에 대한 욕심을 버렸을 때
비로소 너를 사랑할 수 있었다.

내 모든 걸 너에게 주었지만
멀리서 바라보니 나를 네 안에 우겨넣고 있었다.
힘들어하는 너의 미소를
나는 행복의 미소로 착각했었다.

하나씩 하나씩 덜어냈다.
의아해하는 너의 미소는
이제껏 볼 수 없었던 편안한 미소였다.
넌 나를 세상 가장 포근한 마음으로 안아주었다.
그제야 나도 모르는, 네게 주고 싶은 미소가 입가에 번졌다.
나도 모르는 잊고 있었던 미소가
그토록 네가 원하고 갖고 싶었던 미소였나 보다.
왜 항상 사랑의 깨달음은
원하지 않는 것들이 쌓이고 나서 찾아오는지,
지키려 하는 것들은 착각의 늪을 빠져나오려 하지 않는 건지.

투명한 마음은 안 보이고 없는 것이 아닌
그만큼 더 많은 걸 담을 수 있는 마음이라고….
뒤늦게나마 알았으면 된 것이다.

소중한 순간

'소확행'이라는 말을 흔히 주고받는다.
'일상에서의 행복을 소소하게 느끼며
행복하자'라는 뜻으로
'소소한 순간'이라고들 한다.
나는 매 순간이 소소하다고 생각지 않는다.
매 순간은 어쩌다가 한 번 떨어지는
별똥별 같은 큰 의미가 있다.
더욱이 누군가와의 순간은
시계 초침을 헤아리며 멈춰 버렸으면 하는
간절함의 연속된 장면이다.

**아무것도 아닌 숨 쉬는 것의 감사함을
마음 깊이 느낄 수 있다면
아무것도 아닌 당신의 소소한 모습은
정말 아름다운 순간들이 잉크에 섞여
영원히 기억되고 간직될
책 속의 활자로 남을 것이다.**

작은 씨앗

이사를 할 때의 사람들은 되도록 쓰던 짐들을 버리고
최소한의 짐만 가지고 이동한 후 새로 이사한 집에 필요하거나
어울릴 만한 새로운 것들로 채워 넣는다.
이사할 집의 크기는 대략 알지만 생활을 해보면서
실제적인 그 공간에 어울리는 것들을 하나둘씩
알맞게 채워 넣는 것이 일반적이다.

그렇듯 처음부터 많은 것을 가지고 사랑을 하면
서로가 원하고 필요한 것을 서로에게 채워 넣기가 어렵고 힘들다.
최소한의 것들로 시작해서
하나둘씩 차츰차츰 서로에게 나를 채워나감이
상대에게 딱 맞고 우리에게 어울리는
우리들만의 공간이 될 수 있는 것이다.

그래서 당신을 만날 때는
진심이 담긴 미소와 당신을 향한 마음뿐이다.
당신에게만 보여주는 미소와 줄 수 있는 마음은
내가 당신과 하나로 채워져 커질 수 있는
작은 씨앗인 것이다.

이것만 있으면 당신이 크든 작든
언제든 당신에게로 들어갈 수가 있다.

밤하늘에 그리기

밤하늘에 별 그리기

까만 도화지를 준비한다.
흰색 물감을 물에 푼다.
손가락으로 물감을 찍는다.
도화지 위에 흩뿌린다.
완성

밤하늘에 너 그리기

까만 도화지를 준비한다.
흰색 물감을 물에 푼다.
손가락으로 물감을 찍는다.
도화지 위에 다 바른다.
완성

우산

돈 주고 사기 아까운 물건 중 하나가 우산이다.
그러나 처음으로 이쁘고 튼튼한, 최대한 작게 접히는 우산을
큰돈을 주고 샀다.
그리고 늘 가방에 넣어두고
그녀를 만날 때면 우산을 챙겼는지 여러 번 확인한다.

그렇게 갑작스럽게 내릴 비를 기다리고
기다리던 비가 내리면 두근거리는 마음을 잡고 우산을 꺼낸다.
일부러 산 작은 우산은 내 한쪽 어깨와
그녀의 한쪽 어깨를 적시지만
예쁜 우산 속의 맞닿은 피부의 따뜻함 외엔
아무것도 느낄 수가 없다.

펼쳐 든 작은 우산 속은
멈춰버렸으면 하는 우리의 고요한 새벽이다.

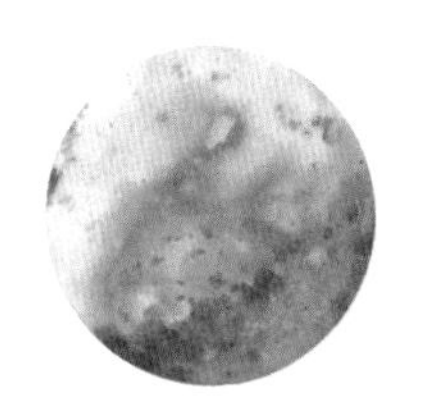

고백

고백은 말의 전달이 아닌
상대의 마음 곁에 내 마음을 두는 것이다.

진심이 얼마나 담겨 있는지
푸른 바다처럼 맑고 별빛처럼 은은한
한낮의 햇볕처럼 따사로운지
순진하진 않아도
가져보지 못한 순수함으로
상대에게 있는 그대로의 고백인지를.

유창하고 화려한 단어로 감동을 받는 것보다
어설픈 부끄러운 고백의 진심을 알 수 있다면
사랑할 자격도 사랑받을 자격도 충분히 있다.

이상하고 희한한 일

에어컨 바람을 근거리에서 맞으며
얼음물을 벌컥벌컥 들이마시기를
매번 반복하여 여름을 보냈는데도
여름이 끝나기 직전까지 더위는 가시지 않는다.
그런데 지금은 너와 늘 손을 잡고 늘 안겨있어도
땀도 안 나고 더위도 그다지 느낄 수 없다.

손끝이 아려오는 오한을 3월 말까지 느끼고서야
겨울은 내 삶에서 느낀 지옥 중에 가장 무서운 계절임을 느낀다.
그런데 지금은 얇은 패딩 하나와 네 생각만으로
칼바람은 옷 속에 들어오지 못하고
너를 만나고 네 눈을 들여다보고
두 손을 살며시 잡고 나면
여름 그 지옥의 불구덩이 같은 뜨거움을 느낀다.

다 거짓말이라 생각하고 믿지 않았다.
사랑은 계절의 온도를
느끼지 못하게 하면서
멀쩡한 두 눈을 뿌옇게
만들고 너만을 보게 한다고.

누군가의 별

하늘의 별은 늘 꿈꾸는 사랑이었다.
그러나 사랑은
늘 옆에 혹은 그보다 더 낮은 곳에 있었다.
늘 높은 곳만 바라본 것이 아니라
낮은 곳을 본 적이 없었다.

당신 역시
누군가의 별이다.

바보들의 미소

강요받는 안정을 당연하다 여기고 그것에 익숙해지면
사랑 또한 안정의 사랑을 먼저 경험하는 경우가 많다.
그리고 택하는 안정의 사랑은
멀쩡한 두 날개를 평생 가슴속에 묻고
새장 속에서의 안정된 삶을 살아간다.

열정의 사랑은 혹독한 대가가 따른다.
내가 원하는 사랑, 이루고픈 사랑
온몸이 찢기고 상처투성이가 되어도
그 사랑만을 원하는 이들이 많다.

그들은 바보일까?
그 바보들의 미소는
밥을 안 먹어도, 잠을 안 자도, 좋은 것을 누리지 않아도
정말 행복해 보인다.
어디에서 나오는 힘이고 빛인지 아무도 알지 못한다.
이해할 수 없지만 행복의 아우라가 내게도 전해짐은
부정할 수 없다.
그리고 나는
그래서 나도

되도록 일찍, 늦어도 죽기 전에
그 미소를 지어보고 싶다.

나도 피어날 때가 되었다

그곳을 지나갈 때면 나도 모르게 멈춰지는 발걸음과
서둘러 거울을 찾는 내 모습에 깜짝 놀란다.
늦어버린 시간이지만, 시계를 보는 눈과 마음은
서로 다른 방향이어서 이해를 못한다.

놓쳐버린 버스는 오히려 한결 가벼운 마음으로
유리 벽 안을 지그시 바라보게 만들어 준다.
망쳐버린 하루가 아닌
텅 비어있던 마음을
따뜻한 뭉게구름이 가득 채운 날이다.
그렇게 넌 작은 빛으로 내 안에 들어왔다.

무감각해져버린 가슴 한편에
봉긋한 꽃망울을 피우게 해준 너.

너라는 색

서로를 마주 보고 무한의 미소를 보내며
잡은 손깍지를 펼쳐 몇 번 쓰다듬더니
"자긴 손이 커서 참 좋아"라는 그녀의 말에
말이 끝나기가 무섭게 양손에 그녀의 얼굴을
가득 담으니 커진 눈이 더욱 커져
내 얼굴이 그녀의 눈동자에 가득 담겼다.

"내 모습이 자기 눈에 가득 채워진 거 알아?"
"정말? 내 눈이 그렇게 커?"
"응! 크고 맑고 투명해. 내 손에 묻은 먼지가 탁하게 물들지 않았으면 좋겠어."
그러자 그녀는
"탁해지는 게 아니라 자기가 내게로 스며드는 거야. 깨질 것 같은 투명함이 늘 불안했는데, 이젠 걱정 안 해도 될 것 같아. 나만의 색을 한 번도 가져본 적이 없었는데, 이젠 자기라는 색을 가졌으니까."

서로를 불투명하고 아름답게 만드는 키스는
아침 해가 뜰 때까지 계속되었다.

사랑의 끝에서 맞이한 이별이
사랑의 멈춤에 빛나는 별이 되었다.

Part 2

끝이 아닌 새로움으로 맞이하는 이별

만남과 이별, 전부 사랑이었다

아름답게 빛나는 것만이 사랑이라면
그렇게 수많은 이들의
뺨을 타고 흐르는 조각들은
영원히 빛바래지 않는 작은 유리병 속에
한 송이 꽃으로 남았을 것이다.

아픔과 상처라는 소중한 흔적이 있기에
멈춘 발걸음 계속 디딜 수 있는 것이고
평생 흘리는 눈물로 지울 수 없는 사랑이 있었기에
내 앞에 있는 당신의 소중함을 느낄 수 있는 것이다.

늘 준비하는 만남의 설렘에 짜릿함은
또 다른 차가운 빗방울이 되고
예상치 못한 쓰라린 아픔은
또 다른 따뜻한 봄날의 오후다.

핑크색 원피스

대중교통을 같이 탄 친구가 어깨를 툭툭 치면서 말한다.
"야야, 재 좀 봐봐. 정말 못생겼다."
"어디? 누구?"
"저기 핑크색 원피스에 흰색 카디건 입은 여자!
옷이 아깝다, 아까워."
그쪽을 본 남자는 미동도 하지 않은 채 한동안 말이 없었다.
그러곤 한마디 한다.
"아니, 못생기지 않았는데!"

친구와 헤어지고 집에 가는 길에
남자는 잠깐 멈춰 서서 낡은 지갑을 뒤지며
코팅이 되어 있는 구겨진 사진 한 장을 조심스레 본다.

사진 속의 여자는 핑크색 원피스에 흰색 카디건을 입고
해맑고 사랑스러운 미소로 정면을 바라보고 있었다.

귀리

원치 않은 생각과 기억이 일상생활 중에 떠오르면
한동안 멍을 때린다.

장소, 사물, 상황, 행동 등등…
어떤 것들이 당신을 기억에 젖게 하는가?
아님, 풋 미소를 짓게 하는가?

모든 이들의 평생 관심사인 다이어트를 생각해 본 적이 없었는데,
나이가 듦과 동시에 건강이라는 중요한 인생의 걱정으로
큰마음을 먹고 각종 매스컴과 인터넷을 검색한다.
근력운동의 중요함과 유산소 운동의 병행
그리고 복부지방의 배출에 좋다는 곡물인 '귀리'를
구입해 정성 들여 볶고, 갈아서 꾸준히 섭취한다.
정성이 가득 담긴 귀리가루를 평소와 다름없이 섭취하고 있는데
쓸데없는 생각이 뇌리를 스친다.

"그때의 규리도 다이어트를 하고 있겠지…."

문신

이별은
순간에 다가오지도
순간에 시작하지도 않는다.
한밤중인데도 당신의 그림자는 짙어지고
짙어지는 그림자를 떨쳐내려 해도 점점 깊이 파고든다.

그날 그렇게 너의 그림자는
나의 가슴속에 지워지지 않는 문신으로 남았고
너의 마음속엔 눈물로 얼룩진
상처의 씨앗이 뿌리를 내렸다.

상처라는 이름으로 새겨진 문신은
또 다른 내 모습이 되어가고
눈물의 씨앗을 품은 너는
또 다른 나를 찾으려 여행을 떠날 것이다.
지워지진 않겠지만, 희미해져 갈 때쯤
싹틔우진 않겠지만, 피어나야 할 때쯤
우리는 닿을 수 있을 것이다.

아프다

내리는 비가 얼어서
우박으로 바뀌었다.
맞으니 아프다.

네가 내게 다가올 때
마음이 식었다.
너무나 아프다.

봄에 내리는 따뜻한 비를 맞고 행복했지만
그 빗방울은 겨울을 맞이하면서 차가워진다.
그러나 겨울이 아니더라도
알 수 없는 날씨의 변화 탓에 빗물은 우박으로 바뀌기도 한다.

너와의 이별은 예상치 못한 우박을 맞는 기분이다.
늘 따뜻한 봄비 같이 다가온 너였지만,
흔하게 내리지 않는 우박이 내게 내렸다는 것 자체가
실감이 나지 않고 믿기지 않는다.

우박을 피해 처마 밑에 숨어도
내리는 우박 소리는 너무나 요란하다.
그 시끄러운 우박 내리는 소리에
내 눈물 소리는 전혀 들리지 않아 다행이다.

사랑에 관한 회고

이별 후 얼마 되지 않은 시간이 흐르고
몸이 아프면 떠난 이를 원망한다.
이별 후 며칠 동안 생각이 나지 않는 시간이 되면
그와의 추억이 가끔 스칠 때 궁금해진다.
이별 후 몇 달이 지나도 생각이 나지 않으면
이따금 걱정을 하게 된다.
이별 후 그의 얼굴이 희미해져 갈 때쯤이면
미소를 지으며 행복을 빌어준다.

뜨거운 온기가 식지 않고 남아있으면 원망이 앞서다가
어떤 온기인지 느낄 수 없는 시간이 오면 행복을 빌어준다.

그렇게 너와 나
뜨거운 사랑이 아닌
서로를 알 듯 모를 듯
느낄 수 없는 온도로 사랑을 했었다면
우리는 행복할 수 있었을까?

뒤늦게 깨달은 미소

왜 항상 끝에
둘 중 하나는 나쁜 사람이 되어야 하나.
인정하기 싫은 나는 늘 '나만 사랑한' 피해자다.

그래서 나는 이별 뒤 어디를 가고 누구를 만나도
많은 사람들의 위로를 받을 수 있는
슬픔과 눈물을 가졌고
깊게 패인 상처는 위로라는 선물을 받을 수 있는 명분을 준다.

그러나 '나도 사랑한' 그 사람은
이별의 시간에서도
눈물이나 상처 따위는 받지 않는다.
이미 사랑하는 중에
말라버린 눈물 자국과 깨끗이 아문 상처를
떠나는 내 발등에 올려놓았다는 것을
시간이 많이 흐른 뒤에야 알게 되었다.

나에게 애써 웃어주었던 그 미소가
얼마나 따뜻한 진심이었는지를 왜 이제야 안 걸까.
짙게 녹아든 미소를 이제 어디에서 찾을 수 있을까.

박수 소리

박수 소리는 손바닥이 마주쳐야 난다.

사랑의 박수 소리 역시 마주쳐야
아름다운 소리가 난다.
맑고 청량했던 그날의 소리가
귓가를 떠나지 않아.
외로운 날에 허공에 대고 손바닥을
허우적대고 있지는 않은지….

그 이후로도 박수는 쳐봤지만
잊지 못하는 박수 소리가 있어서
남몰래 양손을 마주치고 있지는 않은지….
후회가 아쉬움을 지배하고 있지는 않는지….
지금의 행복이 그리움을 이기지 못하는 건 아닌지….
흐르는 시간이 흘러간 시간보다
소중하단 걸 잊지 않았으면 한다.

하기 싫어도 할 수밖에 없는 후회

잡은 손 뿌리치는 그 사람에게 한마디 했다.
"후회 안 할 자신 있어?"
그는 말했다.
"그래! 그러니 이제 절대 내 눈앞에 나타나지 마!"

그러나 떨리는 그 사람의 눈동자는
이미 첫마디가 나오는 순간부터 후회였다.

시간이 흐른 뒤 생각했다.
"후회인 줄 알면서 가는 것은 고통이지만
고통보다 더한 아픔은 삶의 이유를 잃어버리는 거라고….
그때가, 그것이, 당신이 삶의 이유였다는 건
후회만이 말해줄 수 있는 거라고….
그렇게 난 반복되는 후회 속에서
삶을 연명해 나가고 있구나.

약 주고 병 주고

너무나 달콤한 사탕을 바른
너의 속삭임이 사랑이라 믿고
너무나 두려운 폭언을 듣고
너의 식은 맘도 사랑이라 믿고

나는 생각했다.
사탕과 꿀만을 발라준 다른 이들보다
냉철한 눈으로 내 안에 잠들었던 나를
다시 보게 해준 너에게 고맙다고.

넌 내게 사랑도 주고 인생도 주었다고.
그로 인해 내가 살아갈 길을 알게 해줬다고.
사랑으로 시작해 이별로 끝났지만
끝난 이별 뒤에 아무도 못 찾아준 나를 찾아주었다고.
그래서 넌 나쁘지만 고맙게 기억된다.

잠에서 깨기 싫다

상쾌한 바람이 불어올 때면
당신 생각에 밤잠을 설친다고 합니다.

그러나 나는 왜 빨리 잠들고 싶어질까요.
창밖에서 살며시 들어온 바람은
귓가를 맴돌며 한마디 합니다.
"오래 기다렸지? 늦게 와서 미안해."
차가운 손으로 따뜻하게 안아줍니다.

어디를 그렇게 떠돌았는지
어디서 그렇게 헤매었는지
얼마나 당신이 그리웠는지
얼마큼 당신이 보고팠는지
더 이상 어떠한 느낌과 표현을
당신에게 해야만 잠에서 깨지 않을 수 있을까요.

점점 기억에서 멀어지지만
점점 추억으로 가까워지려
잠을 깨기가 싫어 오랫동안 뒤척입니다.
네가 떠나는 모습 이젠 그만 보고 싶어서.

06:00

의미

하나의 의미로 하늘에서 내려온 너는
의미 없이 흘러가려고 내려온 거니.

혹시나 의미 없이 흘러가다
나를 만나면 어깨라도 적셔줘라.

너란 걸 알아보고
젖은 옷 품고 집에 가서 말릴 테니.
내 방 안에서
수증기가 되어 영원히 떠돌아라.

내가 밥을 먹든, 운동을 하든, 잠을 자든
늘 나를 지켜봐 줘.

아무것도 아닌 사물에
나만의 특별한 의미를 불어넣어 간직하고 싶다.
청승같이 쓸데없는 시간 낭비일지도 모르겠지만
그 시간은 너무나도 소중한 나와 그만의 시간이다.

우연히 떨어져 흩날리는 나뭇잎 하나 손등에 내려앉았을 때
그날은 세상 모든 것이 눈가에 물결치는 바다와 같이
슬프지만 기쁨의 날이다.
난 가끔 이렇게 너를 만난다.

후회의 단어들

몰랐다,
술만 마시면 내 품에 안기던 너의 모습을.

싫었다,
술 냄새와 너의 술버릇이.

아쉽다,
조금 더 솔직하게 널 내게 못 보여준 것이.

그립다,
평소에 안 하던 콧소리를 취했을 때만 했던 모습이.

행복했다,
서로를 미워하는 사소한 다툼도 너랑 해서.

따뜻했다,
잔디밭 나무 그늘 아래에서 배고 누운 너의 무릎이.

보고 싶다,
나에게만 보여주던 환한 너의 미소가.

모든 언행을 나에게만 한다고 말하거나 표현하지 않았지만
너의 마음까지 모를 줄은 나 또한 정말 몰랐다.
왜 모든 후회의 단어들은 돌이킬 수 없는 시간이 지나고
마음에 조금의 틈이 생기고서야
이토록 간절히 그립고 서글퍼지는지
정말 알 수가 없다.
이렇게 알 수가 없는 현실에서 나는 또 아무렇지 않게 살아간다
그러다 가끔 밤하늘에 뜬 달과 별을 보면 생각나는 것뿐이다.
다만 그 달빛과 별빛이 너무 밝지 않았으면 좋겠다.
견딜 수 없는 미친 그리움의 빛이 되어
가슴을 후벼팔 수도 있으니까.

단골 카페

십 년이 넘은 단골 카페가 있다.
근래 몇 년간은 여러 가지 일 때문에 발길이 뜸했었다.
오랜만에 한가한 시간을 보내는 중
발길이 우연히 그쪽으로 향했다.
한적한 곳에 위치해 있어서 손님도 많지 않은 곳이다.

"영업 몇 시까지 하세요?"
"1시간 정도 후에 마감할 거예요."
"아, 네. 감사합니다."

커피를 시켜놓고 눈 몇 번 깜빡였는데 1시간이 지나버렸다.

"계산해 주세요. 감사합니다."

문을 열고 나가려는 찰나에
카페 주인이 머뭇거리면서 나를 부른다.

"저, 오랜만에 들르신 거죠?"
"아, 저를 알아보시네요."
"말씀드려도 될지 모르겠는데, 사실 손님 들어오시기 30분 전에
그분도 다녀가셨어요."
"……."

인연이 끊는다고 끊어졌으면
멈춰있는 현실의 나는
다른 공간에서 아무렇지 않게 흘러가고 있는 너를
느끼지 못했을 것이다.
그렇게 우리는 여전히 서로를 느끼며 살고 있나 보다.

사랑의 의리

남녀의 사랑 끝엔
돌이킬 수 없는 평생 남을 눈물자국이나
절제된 감정이 진하게 농축이 된
우정이라는 변색된 이름으로 남는다.

결코 짧은 시간에는 우려낼 수 없는 진한 사랑의 흔적은
긴 시간 안에서의 수많은 희로애락들이 얽히고 설켜
기쁨도 슬픔도 아닌, 잔잔히 가라앉은
포근함만이 남은 따스함으로
앞으로의 남은 삶을 무한의 미소로만 그려낼 수 있도록 시간을
만들어주고 내 삶보다는 상대의 삶을 응원해줄 수 있는
진심이 담긴 마음을 건네줄 수 있다.

그러나 멀어져가는 뒷모습을 보며 나도 모르게
씁쓸한 모순의 한마디가 벌어진 입가로 흘러나온다.

"평생 후회하며 행복하게 잘 살길 바라."

진심은 진심이지만 숨길 수 없는 미련의 욕심은
아마도 영원히 사라지진 않을 것 같다.

기억 속의 미소

휴대폰을 몇 년이고 오래 쓰다 보면
사진첩에 수백 수천 장의 사진들이 쌓여
정리하기가 힘들어질 때가 있다.
할 일 없는 날 천천히 사진첩을 보다가
초점이 안 맞고 흔들린 사진에
눈이 멈춰져 한참을 보고 있다.
별것 아니라 생각하고 바로 지울 수도 있지만
알아볼 수 없는 흐릿한 사진은
사람과 물체의 구분이 안 될 정도로
폰을 잡고 마구 흔들면서 찍어낸 사진이다.
'왜 이런 사진을 지우지 않고 뒀나' 잠시 생각하다가
순간 뇌리에 스치는 여러 장면들이 울컥하게 만든다.

이내 곧
눈과 입가의 작은 근육들이 끊임없이 요동치더니
원치 않은 눈물이 눈가에 맺힌다.
무엇인지 알아볼 수 없는 사진 속의 실루엣은
어제의 선명한 기억 속의 미소였다.

사랑의 반대말

'사랑과 이별'이라는 말이
꼭 사랑의 반대가 이별이라고 쓰이는 듯하다.
흰색의 반대는 검정색이지만
사랑의 반대는 이별이 아니다.

빈 공간을 채울 땐
땀을 한두 방울 흘리지만
채운 것을 비울 땐
눈물이 비처럼 쏟아진다.

조금씩 흘린 사랑으로 아름다움을 채우는 사랑을 했고
채웠던 사랑을 한꺼번에 비울 땐 하늘이 무너져 내렸다.
하늘은 무너졌지만 현실은 그대로다.
모든 것은 변함없이 흘러가고 나만 주저앉았다.
나도 같이 흘러가기 위해선 새로워져야 한다.
사랑의 반대말은 새로 태어난 나이다.

다시 태어나기 위해선 엄마 배 속의 열 달보다
더 오래 걸려도 괜찮다.
예전의 모습보다 조금이라도 성숙하게 태어나면 된다.

마음의 연료

차가운 기계의 멈춤은 붉은 녹빛으로 생명의 다함을 느낀다.
떨어지는 녹가루는 발등에 치이는 모래와 함께
세상 아무도 모르는 곳으로 사라진다.
내 마음은
어떠한 기름칠을 하고
넘칠 것 같은 연료를 채워 넣어도
예전처럼 움직이지는 않을 것 같다.

차갑게 멈춰버린 눈동자와 손끝의 떨림은
풍부한 영양이 담긴 연료만으론 움직이지 않는다.
움직이게 할 수 있는 연료에
어떤 것을 섞어야 하는지 잘 알고 있다.

우리는
서로가 원하고 필요한 것이 무엇인지
애초부터 알고 있었다.

사랑을 할 땐
그것을 줄 수 있을 때였고
이별을 할 땐
눈물만 줄 수 있을 때였다.

멈춰버린 기계보다 더 슬픈 것은
잘 움직이고 돌아가기는 하겠지만
예전처럼 제 기능을 하지 못할 때다.

지워지지 않는 그림자

스쳤던 일상
스쳤던 기억
스쳤던 추억
그리고
따뜻하게 남아버린 가슴 한편의 잔상.

돌아오지 않음을 알고는 있지만
스스로 인정하지 않은 기억은
점점 시간 속으로 사라진다.

남은 것이 아무것도 없을 거라 생각되어 뒤돌아보지만
늘 그 자리엔 지울 수 없는 너의 그림자가 또렷이 남아있다.
어떻게든 지우려 애쓰던 그 시간마저
상처를 더욱 깊이 패이게 하는 쓸데없는 시간 낭비라는 것을
여전히 알지만 모르고 있다.

어쩌면 상처 난 곳의 쓰라린 아픔은 잠시지만
딱지가 내려앉아 고통을 느끼지 못하는 그 순간
무의식으로 딱지를 만지작거리는 행위가 행복을 가져다주는가
보다.

멈춰진 이별

만남이 기억의 연속이라면
이별은 멈춰져서 새겨지는 것이 아닐까.

모습은 떠났거나 없어졌지만
기억하는 곳곳에 영원히 남아있기 때문이다.
그곳에 건물이나 길, 도로가 없어지거나 변경되어도
이별은 변함없이 늘 그곳에 있다.

모든 것이 바뀐 장소라도
그곳엔 그때 멈춰진 공기와 향내가 영원히 지워지지 않고
행복의 눈물로 간직된 채 영원히 숨 쉬고 있다.
바로 조금 전에 떠난 것 같은 당신의 뒷모습도.

다른 모습의 사랑

주관적인 견해 중 하나인
질투와 자기애는 반비례인 것 같다.

연인들은 자신을 덜 사랑한다는 부족함 때문에
이별하는 것 같다.
그러나 가만히 보면 상대방을 사랑하지 않아서 이별하는 것보다
서로가 상처 받기를 원하지 않아서
나름의 아름다운 이별을 하는 것 같다.

연인 간의 상처는 질투에서 오는 경우가 많다.
사랑보다 자기애가 더 크면
이별은 질투라는 변명으로 둘 사이를 가른다.
처음이나 혹은 몇 번 안 해본 연애에선
정말 진지하게 사랑의 양과 질을 중요시하고 비교하기 때문에
둘 사이에선 사랑이 가장 중요하고
사랑 외의 다른 것들이 둘을 방해한다면
'이것 아니면 저것'이라는 선택을 하게 된다.

그래서 이별을
그래도 이별을

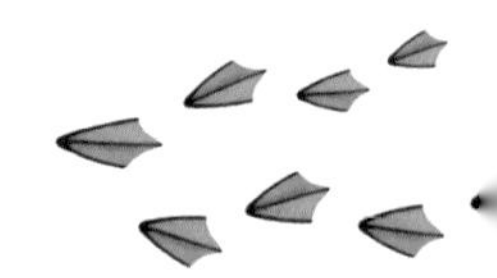

지극히 평온한 마음으로 고한다.
그리고 스스로 위안을 한다.
사람 좋아지는 데 이유 없듯이 싫어지는 데도 이유 없다고.
싫어져서 이별한 건 아니지만
좋아만 해도 부족할 시간에 서로를 할퀴고 상처 주는 행위는
서로에게 지우지 못하는 고통만 심어주는 것이라고.

그리고 시간이 좀 더 흐르고 자그마한 걸 깨닫는다.
어쩌면 부정의 질투 또한 어떻게든 사랑하고팠던
또 다른 사랑의 모습은 아니었냐고….

기억을 지우는 알약

몹쓸 병에 걸렸다.
널 잊지 못하는 병.

이렇게까지 망가진 내가 아니었는데
점점 현실과 멀어진다.
왜 넌 떠날 때 모든 걸 다 가져가겠다고 하고선
정작 가져간 건 아무짝에도 쓸모없는
네 몸뚱이만 가져갔니.
차라리 모든 게 사라지고
쓸모없는 껍데기만 남겨졌다면
이렇게까진 힘들지 않았을 텐데….

아마도 더 힘들었겠지.
차가운 손, 초점 잃은 눈동자, 뛰지 않는 심장,
가방에 매달려있는 열쇠고리 인형처럼
때가 타고 너덜너덜해졌다고
아무 데나 버릴 수는 없으니까.

애써 잊으려 노력할수록 짙어지는 기억은
다른 것으로 채워 넣어야 할 것을 알지만

작게 남은 마음 한구석의 빈자리마저
너는 항상 빈틈없이 채워버리기에
나의 몹쓸 병은 불치병이 되어 버린다.

나온다 했는데 언제쯤 세상에 나오려나,
원하는 기억만 지우는 알약은….

아름다운 시간

이별의 끝 사랑은
슬픔과 고통의 종합선물세트다.
끝이라는 단어로 인한 이별은 수많은 상처와 흔적들로
결코 아름다워질 수가 없다.
어떠한 것을 채워 넣어야
어떠한 것을 비워 나가야
조금이라도 아름다웠던 그날의 그 시간들을
따스하게 감싸며 삶을 이겨나갈 수 있을까.

결국엔 시간이 필요하다.
떠나는 사람도 떠나보내는 사람도
좋은 기억과 추억은 지워지지 않지만
그 기억의 크기는 더 이상 커질 수 없음을 알기에
예쁘게 포장을 해야 한다.

예쁜 포장은 하루아침에 끝나지 않는다.
누군가에겐 짧은 시간일 수도 누군가에겐 오랜 시간일 수 있는
각자의 시간을 마칠 때쯤이면
비로소 첫 만남의 아름다운 모습이 보이고
마음의 평온함은 끝나버린 그와의 인연이
무한의 행복함을 빌어주는 온기로 바뀌어
그 사람에게 닿을 것이다.
그 사람의 온기가 내게 닿은 것처럼.

'같지 않다'와 '다르다'

같은 뜻이라 생각되겠지만
다른 뜻이다.

너와 달라서 이별한 것이 아닌
너와 같지 않아서 이별한 것이다.

달라서 이별을 했다면
쓰리고 애잔한 마음 따윈 생기지도 않았겠지만
같지가 않아서 이별했기에
잔잔하게 남겨진 것들이 많았다.

같은 것들을 껴 맞추는 퍼즐 놀이 따윈
우리에겐 의미가 없었으며
잘 섞이고 하나가 되어가는 모습에서의 행복이
살아가는 이유이자 존재의 의미로 새겨질 줄은 몰랐다.
그 사이사이 같지 않은 것들은
손끝에 박힌 가시 같은 미세한 통증 같은 것이었을 뿐
아픔이나 고통이라는 단어로 절대 포장할 수 없는 것들이었다.

그러나 이별의 순간에는
다른 것들을 인정하는 순간이기보단
같지 않은 것들의 모양을
어떻게든 같은 모양으로 맞추려고 애썼다.
그리 긴 시간이 허락되진 않았지만
그 시간마저 나는 추억이라 부르고 싶다.
영원히 지워지지 않을 말라버린 눈물의 흔적들이 새겨진 추억.

채우고 비우고, 또다시 채우고

비워져 있던 것이 가득 채워진 후
다시 빠져나가면 처음에 없던 것까지 빠져나간다.
마치 빈속의 위벽을 위신이 쓸어서 박박 긁는 느낌의 고통이랄까?

적절한 금식을 하고 위에 좋은 것들로 조금씩 먹어가며
지속적인 관리를 해줘야 속병이 낫는다.

간절했던 평범했던
원해서 채우려고 했던 사랑이다.
'무작위로 채우지 말고 작은 것부터 차곡차곡 쌓아나가는
지혜와 현명함이 조금이라도 있었다면'이라는 후회를
속이 아팠을 때마다 조금씩 하면서 배워나간다.

공허함은
헛된 욕심으로 더한 아픔을 만든다.
맛있는 밥을 울면서 꾸역꾸역 먹지 말고
실컷 울고 난 후 천천히 먹도록 하자.

보이지 않는 한 가지

우산이 있었지만
내리는 빗물을 맞았다.
날씨는 따뜻했지만
빗물은 차가웠다.

따뜻한 너의 손을 잡았지만
눈빛은 차가웠다.
코트를 네게 덮어 주었지만
시간이 지나도 따뜻해지지가 않았다.
나를 보는 네 눈동자 속에
더 이상 내 모습이 보이지 않아서였다.

이별은 예고 없이 다가오지 않는다.
변한 것 없는 세상에 오로지 당신만 변했다.
나에게 어떠한 잘못이 있는지
무엇이 당신을 변하게 했는지
차가워지다 못해 얼어버린 모든 것은
가늠할 수 없는 시작과 끝으로 눈에 보이지 않는다.

많은 것들을 보고 생각해 봤지만
한 가지 보지 못하고 생각 안 해본 것이 있다.
나 자신이다.

스펀지 같은 사랑

밀려드는 외로움을 떨쳐내기 위해
풍성한 행복과 따스함이라 생각되고 여기던
무언가나 누군가를 내 안에 꽉 채워 넣을 때가 있다.
그러나 채우면 채울수록 허탈해지는 기분은
아무것도 없었을 때보다 더욱 빈곤한 느낌이다.

행복이라 여기고 채워갔던 것들이
스펀지에 구멍 난 것들처럼 비었다.

채워 넣은 것들을 시간이 지나서야 거부하려고
아무리 누르고 모양을 일그러뜨려도
정확한 모양을 바로 찾는다.
겉으론 괜찮아 보이지만
자세히 보면 수많은 구멍들이 나 있는
무게를 느끼지 못하는 가벼움이다.

괜찮아 보이는 거짓 채움은 그만하려 한다.
내 안에 공허만 남기는 모든 것을 지워낸다.

상처 없는 사랑

상처받을 것을 알면서 사랑을 하진 않을 테지만
사랑과 상처는 꼭 붙어 다닐 운명인가 보다.
그런데 처음 하는 사랑이나 몇 번 못해본 사랑 앞에서는
상처라는 것이 어떤 모양, 향기, 색깔인지 잘 모른다.
한두 번 상처란 것을 접해보면
정말 나약한 자신과 무너진 세상이 보이고
그런 자신을 놓고 포기할 때쯤
어떠한 빛도 자신을 향해 비춰지리라 생각지 않을 때
안 보이던 상처의 모양과 향기, 색깔 등이 보인다.
예전에 그렇게 맑았던 눈동자가
희뿌옇게 탁해진 걸 느낄 수 있다.

상처라는 걸 느낄 때마다
무채색이 되어가고 있는 자신을 발견할 테지만
시작도 끝도 없는 사랑 앞에서 자신을 잃을 순 없다.
두려운 상처로 인해 물들어가는 사랑에 빠지지 말고
익숙한 상처를 딛고 웃을 수 있는 사랑을 기다린다.

캄캄한 낮

낮인데도 햇볕이 전혀 보이지 않는
먹구름이 잔뜩 낀 날은 평온을 준다.

우울한 날이라고 싫어하는 사람들이 많고
술 마셔야 하는 날이라고 말하는 사람도 있고
이유 없이 여기저기 쑤시고 아픈 사람들도 있다.

낮인데 낮이 아닌 걸 좋아하는 내 모습도
우울해서 술 마시고 싶고 아픈가 보다.
캄캄한 어둠이 아닌
앞이 보이는 어둠을
늘 원하고 있나 보다.

네가 내 곁에 없는 이후부터
슬픔은 평온으로 바뀌었지만
매일 떠오르는 태양은 이제 더 이상 빛을 비추지 않는다.
내가 서 있는 자리만….

목에 걸린 가시

"그 사람 참 나빴다! 다 괜찮을 거야. 힘내!
잊어버리고 마음 편히 먹어. 어차피 돌아오는 건 없어.
너 자신을 위해 열심히 살아야지!"

수많은 위로들이 늘 어깨를 토닥이며
주위를 따뜻하게 포근히 감싸준다.
멈출 줄 모르는 눈물을 잠시 거두고
고맙게도 내 곁을 지켜주는 이들에게
감사의 미소를 전해준다.

한동안 먹는 것도 시원찮아서 살이 쭉 빠졌다.
너무나 좋아하는 생선조림을 하얀 쌀밥과 허겁지겁 먹는다.
그 순간만큼은 세상 천국이 따로 없다.
예상에도 없던 일이 벌어진다.
생선 가시가 목구멍에 걸린다.
물도 마셔보고, 밥도 덩어리째 삼켜보고
별짓을 다 해도 소용없고 너무나 고통스럽기만 하다.
결국엔 병원에 가서 쉽게 뽑아낸다.

그랬었나 보다.
넌 목에 걸린 가시 같았나 보다.
별것 아니었는데 너무나 고통스러웠다.
진작에 병원에 가서 쉽게 빼 버릴 걸 그랬나 보다.
그러나 목에 가시가 걸리기 전까지
생선조림은 너무나 맛있었다.
꿀맛 같은 생선 때문에 그깟 가시 정도는
보이지도 않았고 대수롭지도 않게 생각했었나 보다.

앞으론 손가락 끝에 박히는 아주 작은 가시도
점이 되지 않게 핀셋으로 깔끔히 빼낼 것이다.

걱정하지 마. 다시 피어날 거니까

순간의 찰나는 그리움이 되고
그리움은 간절함으로 승천하여 하늘에 닿아
사랑이라는 결과물이 아름답게 꽃피우지만
살아있기에 시들 수도 있듯이
모든 사랑이 꽃봉오리를 피우진 않는다.
사랑이라는 모습의 달콤한 후광 밑에는
상처와 슬픔, 고통과 아픔이라는 그림자를 갖고 있으니까.

아프면 병원에 가듯 약과 치료제가 필요하다.
주위 어디를 둘러봐도 내 맘 알아주는 이 없고
이 마음 모두를 나눌 곳 없다.
당신은 알고 있다.
시간이 필요하단 걸.

사랑을 위해 담아두었던 묵직한 수많은 마음들
천천히 하나씩 뱉어내고 토해내면서 통곡하고 절규하자.
괜찮다는 울타리 안에서 보내는 시간은
묵혀서 곪아 터질 뿐이다.
다 흘러가고 잊혀지는 것을
붙잡지도 아쉬워하지도 말자.
흘러가고 잊혀진 만큼 더한 행복은 반드시 오니까.

행복이든 슬픔이든 그 시간에 갇혀 살지 말자.
뭐든 순간에 최선을 다했다면
이제껏 느꼈던 행복보다 더한 행복을 맞이할 거고
이제껏 느꼈던 슬픔보다 덜한 슬픔이 기다리니까.
거울 속의 내 모습보다 아름다운 건
진짜 세상 어디에도 없으니까.

빛

아름다운 당신을 표현하고 싶어서
몇 날 며칠 수많은 단어를 떠올리며 잠들었다.

그렇게 잠이 들 때면
언제나 번쩍 하면서
놀라듯 잠에서 깨어나곤 한다.
비몽사몽인 내게 남겨진 것은 아무것도 없지만
눈 감으면 눈부신 당신이 보였다.

세상 모든 빛이 사라졌을 때
순간 모든 걸 밝혔다 사라지는
섬광 같은 것이 당신이었다.

당신은 그렇게 잡히지도, 보이지도, 느낄 수도 없는
강렬한 것이었나 보다.
어쩌면 내가 당신과 함께할 수 없는 이유도
내가 당신을 원해도, 당신이 나를 원해도
서로의 곁에 있을 수 없고, 서로를 바라볼 수 없는
다른 모습을 하고 있나 보다.
아마 당신에게도 나는 눈감아야만 느낄 수 있는 빛이었나 보다.

스치는 속삭임

외로워서, 슬퍼서, 못 견딜 만큼 아파서
이렇게 지는 노을을 바라보며
눈가가 촉촉해지고 있는 것은 아니다.
행여나 문득 어딘가에서 울컥해질 너 대신
내가 눈물을 먹고 있는 것이다.

분명 마지막 뒷모습이 내 눈엔
세상 끝에서 모든 것을 잃은 채
뒤돌아볼 용기조차 없는 너이길 알기에
흘리지 못하고 떠나고 있는 너의 품었던 눈물을
너 대신 내가 흘리면서 먹고 있다.

내 뺨을 타고 흐르는 건
남겨진 너의 속삭임이란 걸 알고 있다.
노을이 지기 전에 못했던 말 다 해주었으면 한다.
달이 뜨고 별이 반짝이기 전에
잠자리에 들려고 하니까.

사랑이라 부르고 싶지 않은 너

너는
알 수 없고 보이지도 않는 의미로
내 안에 조용히 들어와
뿌리를 내리고 싹을 틔우고
꽃은 피우지도 못한 채 뿌리만 점점 자라난 후
세상 무너지는 요란한 굉음으로
커다란 뿌리를 송두리째 뽑아서 나갔다.

휑하니 뚫린 가슴은 회색빛으로 물들고
삶의 의욕과 의미를 잃어버리게 만들고
청량하게 내리는 애꿎은 빗줄기만 원망한다.
흐르는 빗물에 휩쓸려 가기를 바라고 있지만
떼어낼 수 없는 그림자는 더욱 짙어만 간다.

너무나 사랑이었지만
사랑이라 말하고 싶지 않은 당신
선택할 기회도 없이 다가와
아무도 모른 채 내린 뿌리는
희미한 흔적을 깊이 새겼다.

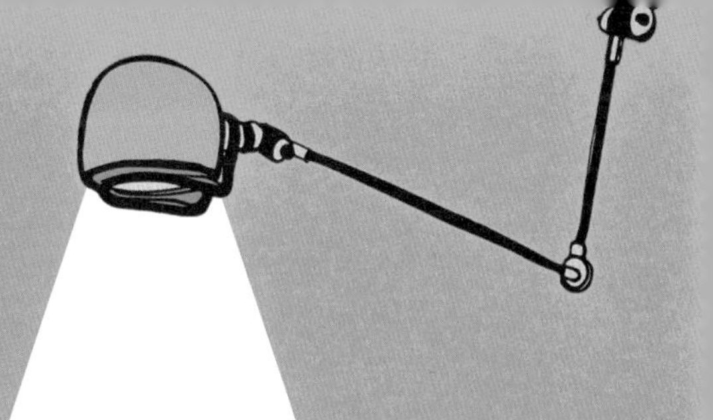

약속해줘

생각 안 한다고 약속할게.
연락 않는다고 약속할게.
울지 않겠다고 약속할게.
기억 지운다고 약속할게.
추억 묻는다고 약속할게.
그러니 제발
나 없이도
행복할 수 있다고 약속해줘.

그런데 난
모든 약속은 다 지킬 수 있지만
너 없이 행복할 수는 없을 것 같아.
미안해.

솔직하면 지는 거였을까

넌 세상 모든 불행을 나와 바꿨으니
행복이라는 달콤함을 평생 맛보지 않았으면 하고 늘 기도드렸다.
나의 기쁨 뒤 생각지도 않던 네 모습으로 인한
나의 우울함과 외로움이 꿈틀거릴 때
행복할 너에 대한 질투심으로 떠올랐었나 보다
널 향했던 내 마음은 날 위한 이기적인 사랑이었음을
뒤늦게 회상하곤 한다.

상상조차 해본 적 없던 이별은
원치 않은 질투에 눈이 멀었고
어둠 속의 또 다른 나는 너에게
담아뒀던 눈물을 꿀꺽 삼키라 하고 있다.

진짜 내가 아닌 걸 너도 알 것이다.
사랑했던 만큼 머릿속의 생각과 입에서 나오는 말은
반대였으니까.
그래서 나도 너를 이제야 알 것 같다.
떠나는 나를 잡지 않고 끝까지 보낸 건
네가 아니었다는 걸.

이별의 승화

이별은
잃은 사랑의 고통이 아닌
돌아갈 수 없는 행복했던 순간의
고통인 것을 누구보다 잘 알지만
원치 않는 기억은 온몸을 마비시키고
멈추지 않는 슬픔의 단비를 하염없이 쏟아내도
온몸 구석구석 배어있는 흔적은
절대 씻겨 내려가지 않는다.

얼어버린 수도꼭지가 씁쓸한 겨울날
냉기만 살짝 가신 쪽방에서 느꼈던
서로의 체온은 그 어떤 맞이한 봄보다
따뜻한 겨울 안의 봄이었다.
돌아갈 수 없는 그 봄은 행복의 순간에 멈췄고
한참을 방황하던 고통도 이제야 날아갔다.

그래도 여전히 멈추지 않던 슬픔의 단비는
이제 선명한 색깔이 되어 남았던 흔적을
천천히 씻겨 올라가고 있었다.
고통과 슬픔의 이별은 기쁨으로 승화되었다.

기쁨과 즐거움, 슬픔과 고통
모두가 행복이란 걸 잊으면 안 된다.

Part 3

빛과 어둠 속에서 찾은 행복

자신을 낭비하지 말자

고독이 두려워 자신을 방어하려고
남들을 따라서 자신을 낭비 말자.

화려한 불빛 속의 수많은 미소들은
어쩌면 내가 보는 행복의 미소가 아닐 수도 있다.
혼자서 채우지 못하는 조각난 행복의 파편들을
많은 이들이 무시한 채 방황한다.
손에 든 것이 작다 하여 주위에 뿌려진 것들이
행복이라 여기지 않고
스스로 불행의 길을 만들어 등 떠밀지 않아도 스스로 걸으려 한다.
왜 꼭 외롭지 않아야만 행복할 수 있는가.
그 외로움의 크기가 얼마나 크기에 눈감고 움츠려만 드는가.
내가 가질 수 있는 행복의 권리를
스스로 놓지 말았으면 한다.
기쁨과 즐거움 안에서의 행복도
고독과 외로움 안에서의 행복도
내가 원하면 언제든 가질 수 있다.

결국 행복이라는 권리는
모든 사람이 누릴 수 있는 당연한 삶이다.

감사함을 찾는다

따뜻한 감사의 마음은
식어가는 온기를 다시 타오르게 할 수 있다.
감사한 마음을 당연하게 생각하면
타오른 온기도 또다시 금방 식어버린다.

당연하게 생각하는 순간부터
상대의 마음과 노력을 소중하게 여기지 않고.
당연하게 보이는 순간에
상대는 다른 이들과 다를 바 없는 내 주변에 한 사람일 뿐이고.
당연하게 느껴지는 순간에
상대는 내가 보는 색을 잃고
구분할 수 없는 회색으로 변할 것이다.

나를 보고 나를 위한 선명한 눈동자의 빛깔을
퇴색시키지 않기 위해
그리고 당신과 함께 하기 위해 늘 어디서든 감사함을 찾는다.

아쉬운 만족

너를 가질 수 없다고 해서 불행한 삶은 아니다.
곁에 있는 것만으로도 행복이다.
오히려 평생 함께 할 수 있는 삶이라 행복하다.
한 발짝 물러난 나의 시선은
가까이 보는 좁은 시선보다
언제나 널 걱정하고 생각하는 마음이 더 깊어진다.
원하면 언제든 널 느낄 수 있지만
항상 내민 손은 네 얼굴에 살짝 스칠 뿐
내 두 손에 가득 담지는 못한다.

아쉬운 만족은
아쉬운 희망이
조금씩 싹튼다.
꽃의 향기가 날 유혹하기 전에
너의 향기가 날 유혹해 줬으면 한다고.

나만이 채울 수 있는 나의 행복

특별한 것에 대한 동경으로
자신을 잃어버리지 말고
내가 아닌 것에 나를 대입시켜
내가 원하지 않는 행복을 가지려 노력하지 말자.

부러움과 욕심, 시기, 질투는
눈앞에 놓인 행복을
스스로 쓰레기통에 버리는 행위다.

미소 짓고 있는 자신의 모습을
진정으로 사랑할 줄 알아야
행복할 수 있다는 뻔한 말보단
스스로 얼마나 자신을 작게 만들고 위축시키는지를
깨닫는 시간이 짧을수록
행복할 수 있는 시간이 늘어난다는 사실을 알아야 한다.

무한대로 큰 것도, 영원히 기다려 주는 것도 아니다.
내가 채울 수 있는 나만의 행복에 공간은 정해져 있고
그 공간을 채울 행복의 크기 또한 일정한 것이니
가지느냐 못 가지느냐는 삶을 살고 있는 자신의 몫이다.

쉼과 멈춤의 차이

수많은 걱정을 안고 살아가는 사람들은
언제 올지도 모를 행복을 늘 기다린다.
스스로의 위안으로 하루하루를 버티듯 살아가며
언젠간 올 커다란 행복에 아주 큰 의미를 부여하고 쌓는다.

어차피 알고 있다.
많은 걱정을 한들
오늘 환하게 떠오른 태양 빛은
오늘만 보고 느낄 수 있는 거라는 걸.

걱정은 어찌 보면 알 수 없는 미래의 대비가 아닌
떨쳐버릴 수 있는데도 놓지 못하는 현재의 불행이다.
당장 해결이 안 나고 결론을 못 지을 수많은 일들을
잠시나마 갖고 느낄 수 있는 지금의 소중한 행복의 시간에
억지로 구겨 넣고 끼워 맞춰
휴식을 원하는 몸과 마음 그리고 영혼을
잠시도 쉬지 못하게 괴롭히는 행위다.

끊임없이 나아간다고 정진은 아닐 것이다.
멀리 뛰어오르기 위한 개구리의 움츠림처럼
타인의 눈에 정체라고 보이는 멈춤이
누군가에겐 엄청난 충전이 되어
상상했던 커다란 행복이 현실을 맞이할 수 있을 것이다.

바다까지 흘러가야 한다

행복을 원하고 위해서 삶을 살다 보면
반드시 원하지 않는 불행이 찾아온다.
그것은 행복이라는 공동의 목적을 이루려는
다수의 인간관계에서 나온다.
원하지 않는 불행을 타인에게서 받은 후엔
공동의 목적인 행복은 사라지고
절대의 행복을 위한 혼자가 된다.
그러나
행복도 불행도 혼자선 얻거나 찾지 못한다는 걸
깨닫는 시간은 그리 오래 걸리지 않는다.

파도가 치는 바닷물은
빗물이 냇물을 거쳐 호수, 강, 바다가 되어
결국 바다에서 만나 파도를 칠 때
여러 감정과 마음들이 흘러나와 하나가 되고
그 하나의 감정이 뒤섞여 진한 무지개와 반짝이는 별빛을
만들 수 있게 된다.

불행이 두려워 행복을 포기한다면
흐르지 않는 고인 썩은 물처럼
바다라는 존재는 세상에 없을 것이다.

그때나 지금이나

예전엔 어디에서 무엇을 하든
늘 새로운 사람들과 어우러져
대박을 외치며 파이팅을 했고

이제는 어디에서 무엇을 하든
늘 보는 이들과 한결같이
안정을 꿈꾸며 기도를 한다.

별일이 있길 바랐던 그때도
별일이 없길 바라는 지금도
내가 아는 모든 사람들이
늘 건강하고 행복했으면 좋겠다.

그때나 지금이나 행복을 위해
많은 것들을 바라보고 있다.

결국엔 행복이다

매 순간이 선택인 삶에서
옳은 선택과 그른 선택은 큰 의미가 없다.
후회하는 그른 선택이었어도
결국엔 행복을 향해 방향이 틀어질 것이고
잘못된 선택에 나무라는 질책 역시
순간의 고통으로밖엔 의미가 없고
원하는 쪽으로 찾아가게 돼 있다.

그때 마주했던 숨 쉴 수 없는 고통도
지금의 미소 한 모금을 위한 것이었고
죽을 것만 같았던 상실과 좌절도
지금의 단단해진 마음에 씨앗을 남겨 놨다.

그때 거기의 나도
지금 여기의 나도
행복했었고
행복할 수 있다.

돈과 금

돈과 금을 가지려고 사람들은
이른 시간부터 늦은 시간까지
자신의 모든 것을 쏟아붓는다.
충분한데도 더 가지려고 애쓰는 사람들보다
힘든 나날의 연속에 밝은 미래를 꿈꾸며
열심히 사는 사람들이 대부분일 것이다.

돈과 금을 가지려는 본질의 목적은 행복이다.
그 행복이라는 모양도 색깔도 없는 것을 위해
우리는 자신과 소중한 주위의 많은 것들
그리고 그 많은 것들에 주어진 시간의 소중함을 모르고 있다.

돈과 금을 얻기 위한
시간과의 싸움은 고통과 인내의 연속이다.
그리고 대부분 어느 정도 시간이 흐르면
원하는 것을 갖고 정상에 올라
원하는 행복을 맛보고 누린다.

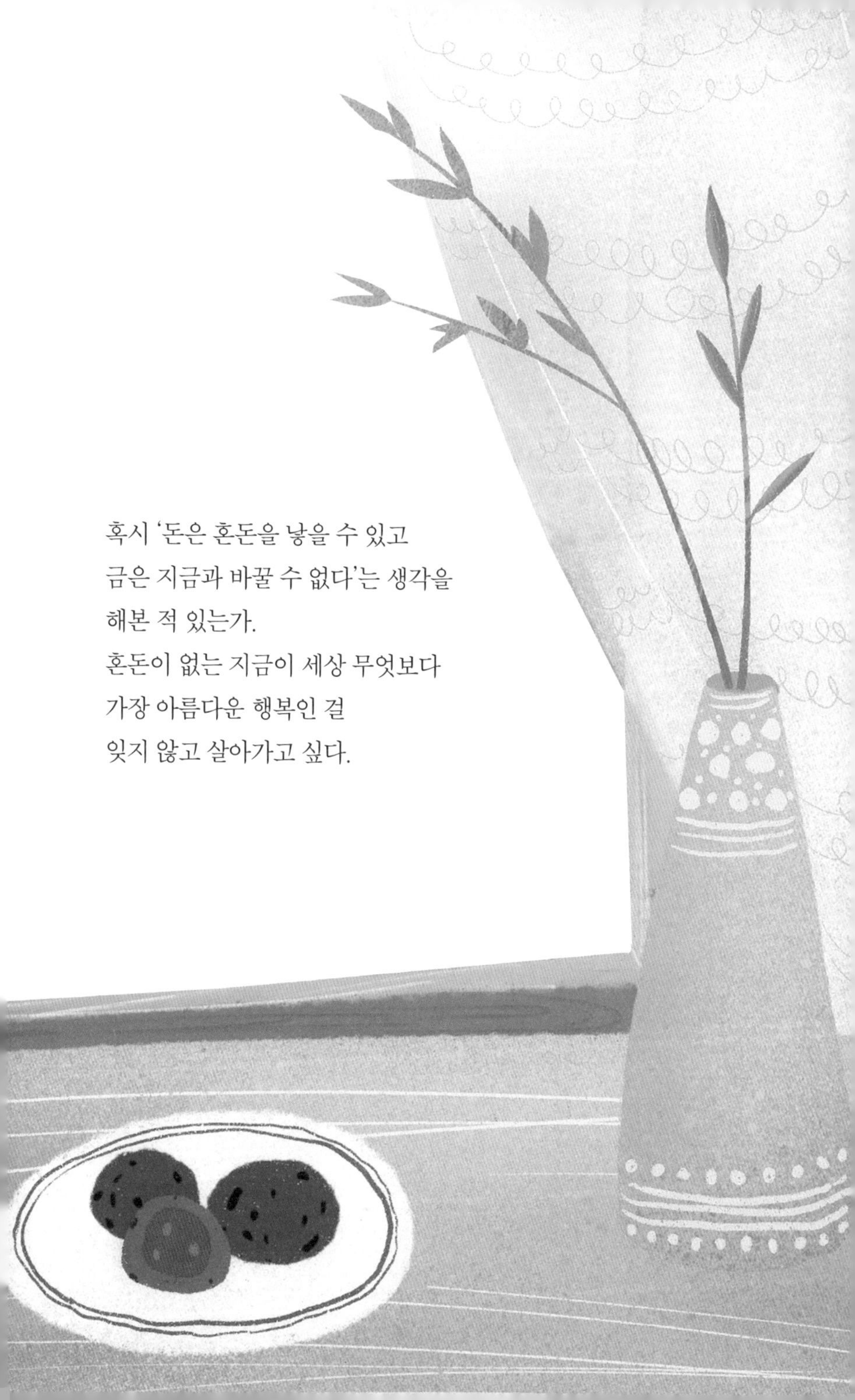

혹시 '돈은 혼돈을 낳을 수 있고
금은 지금과 바꿀 수 없다'는 생각을
해본 적 있는가.
혼돈이 없는 지금이 세상 무엇보다
가장 아름다운 행복인 걸
잊지 않고 살아가고 싶다.

행복이 항복이 되지 않길

행복이라는 단어를 읊조리며 자판을 누르다가
모음인 'ㅐ'대신 'ㅏ'를 누르는 실수를 한다.
자판의 위치도 하필 바로 붙어있다.
행복을 원해서 걷는 길인데
걷다 보니 지쳐서 항복을 했나 보다.
뒤돌아보면 올라갈 땐 보이지 않던
수많은 장애물이나 걸림돌들이 그제야 멀리서 보인다.
자신도 모르게 그 항복들을 한 발짝씩 딛고 올라온 것이다.
아무것도 아닌 선 하나인데 말이다.

그랬나 보다.
어렵지도 않았나 보다.
선 하나만 빼면 되는 것인데….
행복이라는 큰 산을 오르다 힘들고 지치면
선 하나만 빼면 속 편하고 마음 편한 항복이 된다.
힘들게 올라가서 아니다 싶으면
미끄럼 타듯 쭉 내려오는 것은 그리 어렵지 않다.

그러나 분명 행복을 쌓아나간 누군가는
쉽게 내려오지 못할 것이다.

걸리고, 치이고, 까지고, 하나하나 내려놓는 데
너무나 오랜 시간이 걸릴 것이다.
어쩌면 쌓아나간 행복의 시간보다
내려놓은 포기의 과정과 시간이 더 오래 걸릴 수도 있다.
그리고 나만 내려놨다고 끝난 것도 아닐 것이다.
아니, 어쩌면 나도 끝나지 않았을 것이다.

상처와 아픔, 고통의 괴로움보다
지침의 포기, 좌절은 나 하나의 괴로움으로 끝나는 것이 아닌
많은 이들과 진하게 녹아든 행복이 넓은 바닷물에 풀려
아무것도 아닌 것으로 돌아가는 가장 빠른 길일 수도 있다.

남들도 다 갖고 있는 듯한 그 선 하나는
분명 길이가 다르고 두께도 다를 것이다.
같은 행복이라는 글자처럼 보이겠지만
행복이라는 단어에 획 한 줄은 분명 내가 온 힘을 다해 누르고
쓴 것이다.
의심할 것도 없는 세상 가장 소중한 선이 되어
남부럽지 않은 행복을 가져다줄 것이다.

얼마나 더 가야 하는가

지금 내가 힘들고 괴로운 것은
늘 위만 보고 오르려 해서가 아닐까.
끝도 안 보이는 저 높은 곳에 대체 무엇이 있기에
그렇게 뜯기고 상처 받으며 올라가려 하는 것인가?

잠시 숨을 고르고 발밑을 내려다보자.
생각보다 많은 사람들이
나보다 더한 고통을 받으며 열심히 올라오고 있다.
그들의 노력이 행복해 보이는가?
그들이 나를 보는 동경의 눈은
행복의 마침표를 찍을 수 있어 보일까?

그들이 동경하는 나는 목표라는 희망을 위해
이루지 못한 부족한 것들이 많겠지만 얼마나 더
자신을 쥐어짜듯 쏟아내고 뱉어내야만 만족할까?

에메랄드빛 청색의 파란 하늘에
진주 같은 고운 흰 빛을 띤 구름을 본 적이 있는가?
그런 하늘 아래에서의 상쾌한 공기를
코와 입으로만이 아닌 온몸 피부 곳곳으로
들이마신 적이 몇 번이나 있는가?

발끝으로 느낄 수 있는 솜사탕 같은 폭신한 구름은
언제나 달콤하게 나를 기다리고 있다.
마음이 평온해지고 머리가 좀 맑아져야
안 보이던 것들이 보이고
느끼지 못했던 피부의 감촉도 느낄 수 있다.

작은 행복

행복은 '무엇'이 아니라 '어떻게'이다.
행복을 잡으려고 맹목적인 행위로 노력하다가
잡히면 한없이 기쁘고 즐겁지만
안 잡히면 그로 인한 노력들이 허무해지는 경우가 많다.
그러면 실패, 절망, 좌절, 같은
보이지도 않는 창살에 오랫동안 갇히게 된다.

목적을 향해 전진하는 아름다운 시간이
인고의 시간으로 전락하는 안타까운 모습이 너무 흔하다.
그냥 이렇게도 잡아보고 저렇게도 잡아보고 하다 보면
잡는 행위만으로 행복이 될 수 있을 텐데….

달걀은 나누어 담으랬다.
다치면 쉽게 회복이 어려운 마음
한곳만 보이는 행복을 향해 돌진하지 말고
두루두루 마음을 조금씩 여러 곳에 쓰다 보면
나도 모르게 조그마한
여러 행복들이 옆자리에 앉아있을 것이다.

나만이 가질 수 있는 것

특별한 것에 대한 동경으로
자신을 잃어버리지 말고
내가 아닌 것에 나를 대입시켜
내가 원하지도 않는 행복을
가지려 노력하지 말자.

부러움과 시기, 질투는
눈앞에 놓인 행복을 스스로
쓰레기통에 버리는 행위다.

늘 미소 짓고 있는 모습이
정말로 꼴 보기 싫어지기 전에
얼굴의 근육을 마음대로 쓸 줄 알아야 한다.

오늘 환하게 떠오른 태양 빛은
오늘만 느낄 수 있는 것이다.
걱정은 어찌 보면 알 수 없는 미래의 대비가 아닌
지금 현재의 불행이다.
오늘 기쁘고 즐겁게 미소 짓는 행복을 늘 바란다.

마음의 여유

향긋한 봄바람, 싱그러운 풀 내음
차가운 빗방울, 따뜻한 눈송이 등과 같은
특별히 느껴지는 계절의
소중한 기억과 추억들은 참으로 많다.

어느 순간 계절의 느낌이 특별하다 생각이 들면
당신은 빼곡한 이파리와 탐스러운 열매를 맺은
두터운 나무 한 그루가 되어 있을 것이다.
당신은 푸르고 싱그러운 나뭇잎과
따가운 햇살을 막아주는 시원한 그늘
모든 영양이 응축되어 있는 열매
그 모든 걸 갖게 되었으니 이제 필요한 이들에게
조금씩 하나씩 나누어 주면 된다.
새싹이었을 때 많은 것을 필요로 했던 것처럼
나무가 되어서 풍요로운 것들을 내려놓아 보자.

삶의 여유가 있다고 세상이 달라 보이는 건 아니다.
세상이 달라 보이는 순간이 찾아왔을 때
삶의 여유를 가질 수 있느냐는
오롯이 스스로의 마음가짐이니까.

천천히 걷는 연습

나를 보는 선망의 시선보다
내가 보는 동경의 시선은
밑 독이 빠진 항아리처럼
아무리 집어넣어도 쌓이지 않는
초라하고 텅 비어 보이는 마음과 같다.

그런 채움에 지쳐있는 영혼이 자신이라는 생각조차 잊은 채
갈증으로 인한 물 한 모금을 들이키면
파란 하늘의 하얀 구름이 보인다.

그제야 잃었다고 생각한 미소가 보이고
숨기고 감추려고 했던 건 비참하고 초라한 지금의 모습이 아닌
성에 차지 않는 조그만 크기의 행복이었다는 걸 느낀다.

위만 보고 있는 고개가 그토록 아팠는데
아래를 볼 생각을 한 적이 없다.
멈추지 않는 욕심은 더 많은 행복을 가져다주는 것이 아닌
꾸준히 들어오는 행복을 조금씩 빼앗아가는 것이었다.
육체가 정신을 지배하여 보고 싶은 것들이 안 보이기 전에
천천히 걷는 연습이 필요하다.

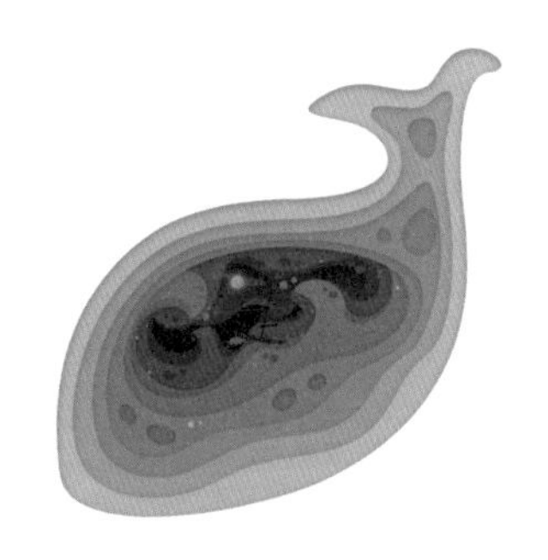

꿈을 꾸었다

아무 상처도 없고
고통도 없는 순간으로 돌아간다면
당신을 만나 행복할 수 있었을까.

어느 날
상처와 고통이 없는 곳을
꿈에서 보았다.
그런데
그곳엔 행복도 없었다.
당신의 숨소리에 흔적을 찾아
아무리 헤매도 찾을 수가 없었다.

그리고 그곳엔
나조차도 없었다.

남겨진 것이 없는 행복

행복하기만 한 삶이 아닌 희로애락이 뒤섞인 인생을
늘 고맙고 감사하게 여기는 건 무척 어렵고 힘든 일이다.
특히 인간관계에서는, 남녀관계에서는….

'만남과 이별'을 전부 고맙다고 여기는
사람은 흔하지 않다.
기대와 행복의 만남으로 시작하여
고통의 씁쓸한 이별을 맞이하는 경우가 많고
불안과 두려움으로 시작된 만남이
아쉽고 눈물 나는 이별을 맞이할 수도 있다.

기대에 찬 행복의 마음속에 빠졌어도
진심이 담긴 가벼운 미소를 이별에 섞어 건낼 수 있는 사람을
만나는 것도 행운이라 여겨진다.

진한 사랑의 행복을 위해 감내해야 하는 많은 것들을 주어
오랜 시간 괴로움과 고통 속에 지내는 것이 아닌
최소한 그 사람은 내가 오랜 시간을
아무것도 할 수 없게 만들지는 않았으니까.
고마운 사람이다.

가볍게 느껴졌다고 진심이 아니었던 건 아니다.
어쩌면 상대가 의도를 안 했어도
그 정도까지여서 내가 고마움을 느끼면
그것 또한 내 삶의 행복인 것이다.

남겨진 것에 의미를 두며 쌓는 행복이 많지만
남겨진 것이 없기에 행복했던 순간의 흔적에
후회 없는 가벼운 미소를 지을 수 있음에 감사한다.

이유와 의미

너를 만나고
좋아하는 이유가 궁금하다고 하여
세상 온갖 아름다운 것들을 펼쳐 놓았다.

네가 멀어질 때쯤
왜 멀어지는지 이유가 궁금하여 물었다.
숨 쉬는 것조차 꼴 보기 싫다던 말에
몇 날 며칠 하늘만 봤다.

좋아했음에 이유가 없었고
멀어졌음에 이유가 없는데
지금 내가 살아가는 이유도 없을 것이란 생각에
수많은 방황을 했지만
되돌아온 제자리엔
나의 존재가 이유이자 의미인 사람들이 많았다.

내 존재가 의미 없는 당신은
발걸음에 치이는 돌멩이였고
내 존재를 기다리는 당신은
보이지만 잡히지 않는 꿈이 아니었을까.

누군가에게 의미가 되어야만 커지는 행복인 줄 알았는데
이미 자라나고 있는 행복을 꺼낼 줄 몰랐던 것이다.
이제라도 그 방법을 알 수 있어서 다행이다.

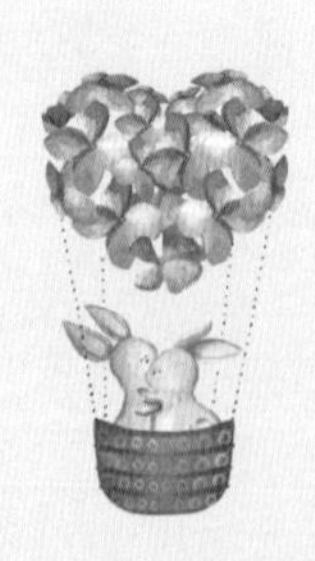

스스로를 자책하는 것만큼
가장 쓸데없는 시간 낭비는 없다.

Part 4

기쁨과 슬픔이 공평하지 않은 인생

콩나물

콩나물시루에 물을 주면
물이 그냥 빠져나가는 것 같지만
콩에서 싹이 나고 무럭무럭 자란다.
그냥 흐르는 물 같아도
누군가에겐 꼭 필요한 영양분이다.

의미 없는 것도, 의미 없어 보이는 것도 없다.
자신을 위한 의미는 스스로 부여하는 것이다.
남들이 알지 못하는 의미까지 설명할 필요는 없다.
오히려 설명해봤자 비난만 받을 수 있다.

소신은 스스로 싹틔우고 피우면 된다.
소신껏 물을 흘리다 보면 반드시 활짝 피어난다.
기다린 후 활짝 피운 꽃을 보여주자.
고뇌와 굳은 의지가 가득 담긴
그 누구도 알지 못하는 눈물들이 모여 만든 결과라는 걸
아름답게 보여주자.
척박한 곳에서의 화려하고 아름다운 꽃이 되지 못하더라도
콩나물시루에서 가장 색이 진한 노란 빛을 띤 굵고 단단한
콩나물이 충분히 될 수 있다.

나도 그런다

술을 마시고 담배를 피운 후
건강즙을 마셔준다.

늦잠을 자고 패스트푸드 음식을 먹은 후
운동을 열심히 한다.

너에게 화를 내고 폭언을 한 후
선물과 맛있는 것을 사준다.

평범한 일상이다.
미소 짓는 당신도
화를 내는 당신도
흔하게 볼 수 있다.

같은 모습 다른 행동이
내 눈에만 거슬려 보이는 것은 아닐 것이다.
나도 그럴 수 있고 너도 그럴 수 있다.
나만 아프거나 행복하지도 않고
너도 아프거나 행복할 수 있다는 걸
매번 알면서 잊고 지낸다.

마음을 어루만지다

사무적인 이야기를 하다가도
인간적인 호감을 느껴 밤새 술을 권하지만
아무리 동성이라고 해도
누군가와 친해지려면 시간이 필요하다.

허나 상대는 자신의 방식으로 손을 내밀었는데
거절을 당했으니 상처를 받았을 것이다.

좋은 관계를 맺는 자리에서
둘 다 상처를 받는 일은
아주 흔하게 주위에서 일어난다.
내 맘 같은 사람을 만나기가 쉽지 않다면
내 맘이 어루만져줄 수 있는 사람을 만나려고 해보자.
분명 상대의 맘도 나를 어루만지려고 노력할 것이다.

멈추는 방법

어릴 땐 통장의 숫자를 늘리려고 애썼고
커서는 인생의 숫자를 덜어내려 애쓴다.

타는 차의 크기를 늘리려 애썼지만
마음속의 크기는 넓어지지가 않는다.

눈 감으면 안 보이던 세상이
눈 감아야 느낄 수 있는
시간이 되고서야 비로소 알았다.
감은 눈으로 채운 것들을
뜬 눈으로 덜어내는 고통이 이토록 크고 많다는 것을.

앞만 보고 달리는 삶은 젊은 시절 무조건 해봐야 한다.
넘어지고 치이고 쓰러지고의 반복에서 오는 좌절과 낙담 위에는
스스로 강인해지는 의지와 희망, 행복이라는 커다란 빛을
나와 내 주위 모든 사람들과 함께 누려야 한다.

그러나 욕심에 기반을 둔 질주는 반드시 사고가 난다.
기름칠을 열심히 하고, 달리는 근육을 강화함과 동시에
원할 때 의지대로 멈출 수 있는 브레이크를
성능 좋은 것으로 늘 마련해 두어야 한다.

배움과 습득은 본능이지만
멈춤과 거절은 지혜롭고 현명한 자의 무기다.

사랑의 결석

며칠간 눈이 아파서 참고 참다가 안과에 갔다.
원래 눈이 좋지 않아서 눈에 관한 질환은 조금 예민한 편이라
쓸데없는 걱정을 조금은 안고 병원을 방문했다.

의사 선생님께서 눈을 까뒤집으시더니 이리저리 살펴보신 후
"안구결석"이라고 하셨다.
쉽게 말해 안구에 돌이 낀 것이다.
여러 가지 이유가 있다고 말씀하셨지만
딱 잘라 원인을 말씀해주시진 않았다.
수술까지는 아니고 시술 정도였다.
앉은 상태에서 마취 안약을 넣고 조금 후에 결석 2개를 빼냈다.
생각보다 의사 선생님의 손놀림이 많았지만
마취가 되어서 그런지 불편함이나 통증은 느끼지 못했다.
마취가 깨고 나니 그제야 조금의 불편함이 왔지만 이내 곧 가셨다.
처방받은 안약을 며칠 꾸준히 넣고 나니까
언제 그랬냐는 듯이 통증은 말끔히 사라졌다.

예전에 콩팥에 결석도 한번 걸려서 수술을 한 적이 있었다.
그때도 그렇고 이번에도 몸 안에 돌이 생겨서 괴로웠던 것이다.
의학은 잘 모르지만 결석은 단백질의 응고가 아닌가.

어쩌면 영양 과잉에 의한 돌멩이의 생성은 아닐까.

어쩌면 우리는
끊임없이 주고받는 사랑이 무뎌지다 못해 과잉으로 넘쳐서
결석 같은 작은 돌이 생겨 불편하고 고통스럽지는 않은가.
그러면 당연히 제거해 버리고 평온과 안정을 찾을 것이다.
이물질이 나쁜 것만은 아닐 것이다.
상처가 나 봐야 같은 상처가 나지 않게끔 예방할 테니까.

그러나 사랑의 결석은 왜 평생 반복될까.
돌의 모양과 크기가 매번 달라서 반복할 거라고 생각할 것이다.
사랑의 통증과 고통의 크기는 점점 줄어들겠지만
사랑의 결석이 평생 안 걸리지는 않을 것이다.
어쩌면 그 작은 통증이 살아갈 힘을 주는 것일 수도 있으니까.

불투명한 내 모습

"아, 이런 사람이 너무 좋다!
다음에도 이런 비슷한 사람 만나고 싶다."
이렇게 끝내는 연애는 없을 것이다.
대부분 연애의 끝은
"내가 너 같은 놈을 다시는 만나나 봐라!"
저주의 악담을 쏟아내고 끝이 나는 경우가 대부분이다.
그러나 자신도 모르게 또다시 비슷한 사람을 만나고 있고
악순환의 고리를 빠져나오지 못한다.
그런 이들은 대부분 비슷한 핑계가 있다.
"나는 늘 잘하고 있고 더 잘하려고 마음을 열면 도망가고 떠나가."

누구든 자신의 입장에서 생각하는 건 어쩔 수 없다.
그러나 비슷한 사람을 만나는 것도
나와 맞는 성향이 그런 사람이고 안 좋게 끝나는 것도
무조건 상대의 잘못만은 아니라는 걸 자신만 모르고 있을 것이다.

바꾸고 싶으면 바뀌어야 한다.
스스로가 먼저.
세상이 아름다운 걸 나만이 보지 못한다고
세상 탓을 아무리 해봤자
그 아름다운 걸 보지 못하면 자신만 손해인 건 어쩔 수 없다.
늘 보는 거울에서 투명하게 비친 자신을 보는 연습이 필요하다.

소소한 성공

저마다 인생의 성공을 말한다.
그런데 성공했음에도 더 크고 장대한 성공을 원한다.

각종 사건 사고와 긴장의 연속
걱정거리로 인해 불안한 내일의 반복이
인생의 성공이 아니라는 건 누구나 다 아는 얘기다.
오늘 아무 일 없이 무사히 보내고
만나고 싶은 사람들을 만나서 밥 잘 먹고
집에 들어가 원하는 휴식을 취하고
잠 잘 자는 것이 성공이라면
코웃음밖에 안 치겠지?

늘상 하는 이 성공의 일상을
못하는 이들도 생각보다 많이 있다.
그래서 주위엔 성공한 인생들이 많다.
성장은 해야겠지만, 욕심에 기반을 둔 상승은
현실을 지키지도 못하는 나락이란 걸 명심하고 살아야 한다.

편견으로 인한 후회

겉으로 드러난 몇 가지 모습만으로
상대를 평가하고 단정 지어버린다면
그 몇 가지 좋은 점만 보고 다가와 준 사람은
시간이 지날수록 실망이 커질 것이고
그 몇 가지 나쁜 점만 보고 피하던 사람은
평생의 인연을 놓치고 말 것이다.

편견으로 인한 후회는
열심히 노력하며 살아가는 하루가
매일매일 쌓이고 무너지는 무의미한 반복의 연속이다.

나를 버리고 내가 사는 삶

"정말 당신이 좋아하는 것이 무엇입니까?"
예상외로 이 질문에 많은 사람들은 명확한 답을 하지 못한다.

삶이란 죽을 때까지 수많은 사람들과의
관계의 연속이라 생각한다.
관계 안에서의 '주관과 소신'을 갖는 것은
생각보다 어렵고 힘든 일이다.
어찌 보면 '주관과 소신'은 집단에서 살아남기 위한 방법과는
정반대인 삐쭉, 툭, 튀어나온 걸리적거리는
쓸모없는 파편쯤으로 인식될 수도 있다.
너무나 슬픈 일인 것이다.
나를 버리고 내가 사는 삶.

나를 버리고 내가 살아갈 것인가.
나를 찾으며 나를 그려갈 것인가.
방에서 이불을 뒤집어쓰고 소리를 질러보는 것이
입술을 깨물고 흐느껴 눈물을 흘리는 것보단
낫다고 생각한다.

용기의 불씨

안락한 삶을 살고 싶다.
그래서 눈치를 보던 습관을 버렸다.
쉽게 버려지는 것은 아니지만
오늘의 소중함을 조금씩이라도 깨달으면
나의 소중함을 조금씩 찾을 수 있다.

남의 말과 대화를 무시하라는 뜻이 아니다.
작고 하찮은 타인들의 말들과 수근거림을 흘려버린다.
그리고 영혼은 다잡아 내 안에 가두고
자신만의 공간을 만들고 집중하자.
그러면 사회의 조직 안에서도
독보적인 나를 찾고 발견할 수 있을 것이다.

누가 그걸 몰라서 안 하냐고?
알아도 못하는 당신의 시간은 지금도 흘러간다.
나를 사랑하는 마음은
내 안에 작은 용기의 불씨를 피우는 것부터 해야 한다.

열심히 실패하자

성공에 목말라 빛만 보며 쫓아가지 말고
뻔한 실패의 길을 가보라고 조언해주고 싶다.

에디슨이 말했다.
"나는 실패한 적이 없다.
단지 수만 가지의 안 되는 경우를 찾아냈을 뿐"이라고.
글을 쓰는 저자도 생각한다.
"인생의 반을 허비한 것이 아닌
나머지 반의 행복을 위한 연습"이었다고.

20대들에게 꼭 말해주고 싶다.
인생의 1/4 정도는 성공보다 실패를 더 많이 맛봐야
나중에 맛볼 실패보다 성공의 가능성이 많다고.
30~40대에도 마찬가지다.
아직 더 많이 해볼 실패의 방법들이 남아있는 거지
성공은 때가 되면 찾아오지 말라고 해도
더 이상 실패할 것이 없기에 성공이 올 수밖에 없다.

힘들어하고 낙담하는 사람들에게 해주는 위로의 말이 아니다.
유혹뿐인 세상에서 위축되거나 남과 비교할 필요도 없다.

매일 떠오르는 태양을 매일 갖지 못한다고 해서
내 것이 아닌 건 아니다.
언젠간 내게도 올 것이기에 서두를 필요도
조바심 낼 필요도 없다.
기다림의 지혜는 시간에 비례한다는 것을
시간이 흐르니 조금은 알 것 같다.

외로워지자

우리는
비어 보이는 것에 대한 두려움을 갖고 있어서
원하지 않는 세상의 앎들이
내가 아무것도 하지 않아도
늘 나를 공격한다.
눈뜨고 똑바로 서 있지만
영혼이 빠져나간 껍데기뿐이다.

소신과 주장을 펼치기보단
억지로라도 지은 미소의 힘을 알았기에
지혜롭고 현명한 건 나의 작은 희생과 견딤이라 생각한다.
그러나 자신을 내려놓을 수 있는 곳에서
자신을 사랑하라는 말이 귓가에 들린다.
그렇게도 들리지 않던 “당신은 소중합니다”라는 희망의 메아리가
모든 걸 내려놓고 눈가에 맺힌 슬픔이
쏟아져 나오기 직전에 들리는 것이다.

지쳐 쓰러지기 전에 외로워져야 한다.
그런 외로움이 여백이 되고
지친 영혼을 치료해주는 약이 된다.

외로움은 자신을 돌아보는
평온의 시간이지
모든 걸 놔버리는 포기의 시간이 아니다.

언제든 힘들 땐
눈 감고, 귀 막고, 입 닫고
한없이 고요한 호숫가에서의
커피 한잔을 마시자.

잘 어우러진 맛있는 인생

맛있다는 음식을 편식하거나
몸에 좋다는 음식만을 편식하면
생각보다 정신과 육체가 그리 건강하다고 못 느낀다.

햄버거와 샌드위치를 좋아하는 내가
어느 날 '왜 이 음식이 맛있나'를 생각해 봤다.
당연히 일단 재료가 신선하고 좋아서일 것이다.
그리고 여러 가지 재료들이 잘 어우러져 있기 때문이다.

삶에서 만족을 얻기란 쉽지 않지만
열정이 가득 차 있는 의지는
당신을 어디에서건 빛나게 만들어준다.
그러나 흘러가는 삶의 목표는 늘 한곳만을 향해 있고
그곳이 가장 중요하고 가장 소중하다고 생각한다.

그러나 보잘것없게 여기던 것들에서 많은 사람들이
내가 그토록 갖고 싶었던 행복을 갖는 모습을 볼 때가 있다.
안 보이던 것들이 보일 때쯤에야 당신은
많은 길을 달려왔고 숨 가쁘고 힘들다는 것을 느낀다.

적당히 어느 정도 숨 가쁘게 달려왔다 싶으면 펼쳐 놓고 바라보자.
남들이 괜찮다고, 됐다고 하는 말이
귓가에 안 들리고 돌진만 하기 전에
적당히 멈춰가면서 밸런스를 맞추고 바라보자.
여러 가지가 적당히 어우러진 삶은
꿀만 발라놓은 인생보다 맛있을 것이다.

잃어버린 빛

오래됐다는 건
닳고 쓸모없어졌다는 뜻이 될 수도 있겠지만
오래된 것들이 전부 닳지는 않는다.

내 육체가 늙었어도
무언가를 위한 열정이나 누군가를 향한 마음은
고목 나무에 핀 새싹과도 같다.

그것은 빛바랜 보석이
자신의 빛을 찾아줄 무언가를 기다리고 있는 것이다.
변한 것이 아닌 불투명한 시간들이 쌓여
보이지 않는 것일 뿐.
누구에게도 보여준 적 없는
지혜의 영롱한 빛을 품고 있다.

그 빛을 발견하느냐는 각자의 몫인 것이다.

과유불급

흔한 사자성어다.
현대 사람들에게 꼭 필요한 뜻이지만
마음과 머리가 따로 놀듯
실천은 어려운 사자성어다.

음식을 부족한 듯 적게 먹으면
건강에 좋다는 건 역시 다들 안다.
그러나 요즘 사회는 모순이다.
맛있는 음식이 넘쳐나고
섭취하고 싶은 욕구를 더욱 강하게 자극하기 위해
미디어에선 '먹방'이 인기다.
그러면서 모두들 살찌기는 싫어하고
평생 다이어트를 한다.

과유불급을 실천하기 어렵고
먹으면서 살 뺄 걱정을 하는 모순된 행동은
이제 크게 이상해 보이지도 않는다.

그런 사람들의 사랑 역시 과유불급과 모순이다.
알면서도 하지 못하고
안 되는 줄 알면서 해버리고 마는
굴뚝같은 마음과 충동적인 마음이 뒤섞이다 못해
어떤 것이 진심이고 어떤 것이 가식인지조차 구분할 수 없는
사랑과 마음에 굶주린 사람들.

굶주렸지만 음식을 동경하며 다이어트를 계속한다.
그것이 어쩌면 벗어날 수 없는 사랑의 중독은 아닐까.

척하면서 안 솔직해지기

"척하지 말고 솔직해지기."
당당한 삶에 자신감과 행복을 가져다주는 문구이다.
당연히 맞는 말이고, 누구나가 그러해야
아름다운 사회를 만들 수 있는 말이다.
머리론 알지만 행동이 가장 어려운 것도 알고 있다.
그래서 제목을 반대로 지어봤다.
"가끔은 '척하면서 안 솔직한 것'이 현명할 수도 있다"라고.

세상엔 여전히 좋은 사람들이 더 많고
가끔 피해 보고 억울해하며 어찌할 바를 모를 때의
상황을 안고 사는 사람들 역시 대부분 착하고 좋은 사람들이다.
그렇다고 착하고 좋은 사람들이 바보는 절대 아니다.

당당한 삶에 자신감과 행복을 위해
때에 따라 상황에 따라 여러 가지 가면을 바꿔 쓰는 것이
그렇게 나쁘다고는 생각하지 않는다.
그건 자신을 위한 내 울타리 안에 있는 사랑하는 모든 것을 위한
창과 방패 같은 방어적인 수단일 수 있으니까.
방어적인 수단이지 절대 공격적인 수단이 아니다.

그렇기에
너무 두껍지 않은 최대한 얇은 가면으로 골라야 한다.
삶을 융통성 있게 현명하게 사는 것은
도덕책에 나와 있는 것이 아니기에 배운 적이 없지만
삶의 지혜는 가면이든 갑옷이든
스스로 만들어 사용하는 것이
아름다운 삶과 인생을 사는 것에 큰 도움을 줄 수 있다.

'우리'라는 단어를 만들자

세상에는 자기중심적인 개인이
무리를 이루고 사회를 만들어 나간다.
그래서 다름을 인정하고 받아들이는 자세와
마음가짐이 가장 중요한 것이다.
타인을 위한 배려의 만족은
오롯이 그 사람이 되어보지 않는 이상
완벽한 만족의 배려는 없다고 생각한다.

그래서 배려라는 단어는 완벽을 뜻하는 건 아니다.
사람의 마음이란 건 아주 작은 것이라도
'상대가 나를 생각했구나'라는 느낌을 받으면
약간의 과장을 해서 만년설이 녹아 없어질 만큼의
힘도 생길 수 있다고 생각하니까.

말과 행동이란 게 "아" 다르고 "어" 다르듯이
나는 어떤 말을 해도 상관이 없는 것보단
'어떤 말이 기분 좋게 들릴 수 있을까?'
잠깐이라도 생각해 보면
말 한마디에 천 냥 빚도 갚을 수 있을 것 같다.

다르지만 "달라"라고
통명스럽고 확고하게 표현하기보단
"다르겠지?", "다를 수 있을 거야"라고 표현하며
끝에는 꼭 "그렇지만"이라는 당신과의 끈을
이어나간다는 표현은
"우리"라는 소중한 단어를 하나 더 만들고
심어주는 것이 될 수 있으니까.

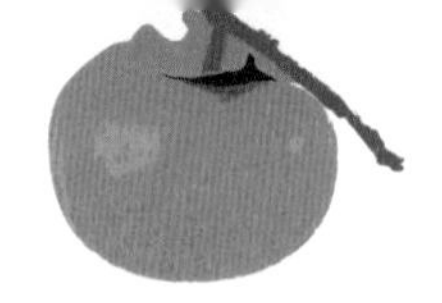

공짜는 없다

물건을 한곳에서 다른 곳으로 옮길 때
천천히 균형을 잡고 조심스럽게 옮기다가도
균형이 흐트러지면 떨어트리거나 흘린다.
그런데 본인은 옮길 수 있다 생각해서
조심스럽게 시도하지만 타인이 보면
위태롭고 거의 100% 실패할 것처럼 보인다.
그래도 남이 뭐라고 하든 시도한다.
설령 실패를 한다 해도 “에잇, 아깝다!” 한마디면 된다.

삶도 사랑도 마찬가지다.
남이 뭐라든 천천히 자신만의 균형과 평정심으로
천천히 조금씩 도전하고 해보는 것이다.
어떠한 일을 시작하려 하거나 새로운 일에 도전하려고 할 때
남들이 아무리 “에이, 그거 안 돼!”, “쓸데없는 시간 낭비하지
마!”라고 해도 내가 실패해보고 또 해봐야 한다.

사랑 역시 해보고 또 해봐야 한다.
내가 원하는 사랑이
불안하고 위태롭지만 해봐야 하는 것이다.
차후 폭풍이 두렵다고?
상처가 못 견디거나 이겨내지 못할 만큼 클 것 같다고?
그럼, 어떠한 일도 어떠한 사랑도 주어진 환경 안에서만
몸과 마음이 많이 다치지 않는 범위 내에서만 하자.

많은 사람들이 치즈나 된장을 맛있게 먹는 이유는
구더기가 무섭지 않아서다.

당신도 그렇고 나도 그렇다

번화가의 커피숍에 앉아 있으면
정말 각양각색의 수많은 사람들을 짧은 시간 안에 볼 수 있다.
그중 반 이상의 사람들은 휴대폰을 항시 들여다보고 있다.
비가 오나 눈이 오나 누구와 같이 있을 때도
심지어 걸어 다니면서도 휴대폰에서 눈을 떼지 못한다.
사람들은 항상 무언가를 휴대폰 속에서 찾아 헤매는 것 같다.

언젠가부터 삶의 희로애락을 사람이 아닌
기계나 물건에서 찾으려고 했을까.
아니면 그 물건 안에서 잃어버렸던 사람
혹은 찾고 싶은 사람을 갈망하고 있는 건 아닐까.

그러나 현실은 내민 손조차 잡지 못하는 이들이 많다.
자신 손에 들고 있는 차가운 기계는 늘 어루만지면서
누군가 따뜻하게 내민 손은 차가운 기계보다
낯설게 느끼는 경우가 정말 많으니까.

당신도 그렇고
나도 그렇다.

진심을 믿고 오늘을 살자

오늘이 지나면 내일이다.
그래서 일상엔 마침표를 찍어도
삶의 마침표를 찍는 일은 없다.
내일은 오늘의 연장이지만 또 다른 삶의 시작이기에
오늘의 끝이라 말하지 않고 새로운 내일의 희망이라고들 한다.

늘 예상을 했던 내일이 오늘이었다면
결코 그렇게 말하거나 표현하지 않았을 것이다.
늘 보는 가족
매일 마주치는 동료
그리고 평생을 함께하자던 그 사람.

마침표를 찍지 않은 오늘이
당연한 내일이라 단정 짓지 말자.
새로운 것을 찾거나 이룰 수 있는 내일 뒤에는
익숙한 것을 잃거나 놓칠 수 있는 오늘이 있다.
가슴에 사무치는 후회보다 오늘의 진심은
평생 조금씩 흘리는 눈물이
바다가 되지 않게 도와준다.

좀 더 내려가자

여기저기 치여서 가시밭과 자갈밭을 이리저리 뒹굴고
피폐해졌다는 생각이 들 땐
더 밑바닥까지 내려가봐야 한다.
내려갈 곳이 없을 정도로 내려가봤다 하더라도
고개 들어 세상을 바라보면
생각보다 더한 것들이 많다고 느껴진다.
어중간한 데서 뒹굴거나 헤매다 보면
스스로를 보지 못하고 세상 탓, 남 탓만 할 것이다.

자신을 돌아보는 혼자만의 시간은
떨쳐버릴 것들과 남겨둘 것들을 보이게 해준다.
숨을 헐떡이지만 말고 차분히 기다리며
천천히 좀 더 내려간 후에
온 힘을 다해 치고 올라와
기다렸던 햇살을 맞이하자.
세상뿐만이 아니라 자신 스스로도 변하여
더 이상 내 것이 아닌 것들이 어느 순간 곁에 와줄 수 있다.

기다리고 있으니 걱정하지 말자

순탄치만은 않은 삶 속에서
주저앉고 무릎 꿇게 되는 일은
예측하지 못하는 상황에 늘 오는 것 같다.
그러면 여지없이 무지개만 보이던 하늘도
회색빛 구름으로만 가득해진다.

어느 곳 하나 내 편 없는 공간 속에서
내가 할 수 있는 거라곤 우는 것밖에 없다.
그러면 많이 울고 많이 쏟아내자.
쏟아낸 만큼 울부짖은 만큼
새로운 무지개는 보이지 않는 곳에서 기다리고 있다.
고통의 끝은 낙심도 절망도 아니다.
아무것도 없는 지금이
새로운 걸 찾을 기회다.
죽는 것보다 쉬운 건
예전보다 더 나아진 모습의 자신이다.

차분히 가라앉은 고요한 새벽 공기는
분명 자신을 위해 기다리고 있는 것이다.

변화와 욕심

변화는
원하는 그 시간에 찾아오는 것이 아니다.
스스로 고개를 끄덕이는 변화는
잃어버린 만큼 상처 나본 만큼
딱 그만큼만 다가온다.

욕심은 가지려 하지 않아도 가져진다.
그러나 욕심을 조절하는 법은
노력하지 않으면 절대 가질 수 없다.

대부분 어른들은 그때로 돌아간다면
많은 것을 하고 싶고 할 수 있다고 말한다.
그러나 돌아가도 변화와 욕심은
뜻하고 생각하는 대로 내 삶에 쉽게 주어지는 것이 아니다.
조금이라도 빨리 느끼고 싶으면
조금이라도 어릴 때 세상을 보는 눈을 키워야 한다.

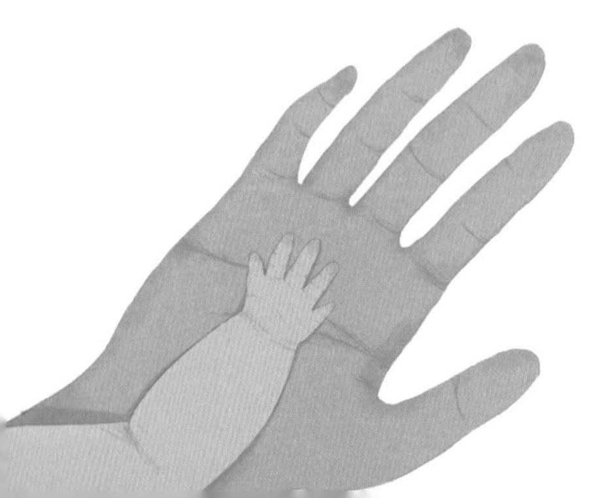

작지만 할 말이 있어

유난히도 빨리 흐르는 시간을 뒤돌아보며
"아, 정말 좋은 하루였어!"라는 말을 내뱉는
하루의 연속이 되어야 하겠지만
의미 있는 삶을 찾고 만들려고 노력하며
스스로 다치고 질책하며 쓰러지기보단
작은 날갯짓 하나만으로 마음이 커지는
하루의 연속이 되었으면 좋겠다.

"소중한 너에게, 작은 나의 마음이야."

정답처럼 보이는 것

책이나 어떤 사람, 그리고 수많은 곳에서 말한다.
정답 없는 세상에서의 옳고 그름보다는
소신 있고 줏대 있는 개성 있는 삶이
한 번 사는 인생을 더욱 아름답게 빛낼 수 있는 방법이라고.
그런데 발길이 닿는 세상과 피부가 닿고 숨 쉬고 있는 현실은
감 놔라 배 놔라 하는 곳이다.

세상에 정답이 없다는 건 절대 틀린 말이 아니다.
글을 쓰는 저자 또한 정형화된 틀에 거부감이 많은 편이다.
그러나 어찌 보면 혼자 사는 삶이 아니기에
옆에 있는 사람이 감 놓으라 할 땐 감 놓고
배 놓으라 할 땐 배 놓는 것이 옳음의 현명함일 수 있다.

정답에 가까이 가기 위해 나름대로의 개성과 능력으로
그렇게 노력하고 힘들어 했는데
근처까지 오고 나서 둘러보면
정답보다 어려운 건 융통성이다.
융통성의 반대말이 고지식이지만
고지식과 개성은 전혀 다른 말과 뜻이다.
개성은 융통성 안에서 가장 밝은 빛을 발할 수 있다.

소와 닭

소가 유순한 이유는 특이한 안구구조 때문이라고 한다.
바라보는 상대나 물체가 서너 배 이상 크게 보이는 것이다.
그래서 소는 본인도 큰데 상대가 더 커서 무서워 보이는 것이다.
반면 싸움닭은 반대라고 한다.
상대가 자신보다 몇 배 작게 보인다고 한다.
그래서 피 터지게 싸워도
자기가 이길 수 있다고 생각하여 끝까지 덤비는 것이다.

세상이 얼마나 크게 보였으면 툭하면 넘어지고
빽 하면 좌절하여 일어나려고 하지 않는가?
그깟 피 좀 흘린다고 쓰러지거나 죽지 않는다.
싸움닭처럼 작아도 본인은 스스로 작다 못 느끼고
"이깟 세상 나보다 크면 얼마나 크겠어!"
라고 생각하면 세상은 진짜 만만해 보이고
아무것도 아닐 수 있을 텐데.
당신의 마음이 세상을 부풀린 것이지
당신이 작아서 세상이 덤비진 않는다.

후회의 계단

후회는 자책이 아니라 계단을 오르는 것이다.
삶에서 후회를 빼면 뼈대 없는 건물처럼
금방 무너져 내릴 것이다.

크든 작든 매 순간의 후회는 삶의 뼈대를
두껍고 더욱 강인하게 만들어준다.
어느 순간 옳은 선택과 바른길을 걷는 것도
한순간 그른 선택과 후회로 인한 깨달음인 것이다.

한 발 한 발 오르는 계단의 끝은 없다.
삶의 끝이 계단의 끝은 아니기 때문이다.
오를수록 휘청거리는 폭이 좁아질 뿐
후회의 계단은 절대 부러지거나 무너질 수 없는 삶의 동반자다.
불안할 것 같은 그 계단의 폭을 좁고 단단하게 만들수록
남들보다 좀 더 안정적으로 멀리 볼 수 있는
삶을 살아갈 수 있을 것이다.

후회로 인한 낙담보단 또 다른 길을 열어주었음에
감사하는 마음을 가져야겠다.

상처 입은 메아리

새벽마다 창밖을 본다.
차가운 새벽공기의 하늘에다가
앓고 있던 생각과 바람들을 아무리 외쳐보아도
밤하늘의 어느 별 하나 반짝이는 것은 없었고
외쳤던 마음들은 오래가지 못해 얼어붙는다.

시간의 흐름도 계절의 바뀜도 느끼지 못할 때쯤
길 잃은 메아리가 돌아온다.
그런데 상처 입은 메아리였다.
어디에서도 치유 받지 못한 여린 마음은
상처를 안아 한참을 헤매고 결국엔 제자리다.
그러나 빈손으로 오진 않았다.
하늘에 걸려있는 별을 따왔다.

원하고 소망하면 잠깐 길을 잃더라도
아니, 한참을 길을 잃고 상처를 많이 입더라도
결국 값진 걸 가지고 꼭 돌아온다.
나는 그렇게 믿고 이름을 붙여줄 것이다.
"나의 꿈"이라고.

무조건 '하지 말자'는 하지 말자

사랑을 할 때 하지 말아야 할 것들이 많다.
상대의 마음을 헤아리고 배려하는 마음,
연인끼리 주의해야 할 것들이
여러 책과 커뮤니티에 나와 있다.

그럼 그것들을 전부 다 지키면
아름다운 사랑을 할 수 있고 언제까지나 행복이 보장될까?
상대가 좋아하는 것만 골라 하고 싫어하는 건 피하면서
설사 실수를 했더라도 사과하고 용서를 빌면
다시 원점으로 돌아가 아름다운 사랑을 할 수 있을까?

그것이 진정 상대를 위한 마음이자
표현하고 전하고 싶은 진정한 사랑일까?

그 사람을 만났어도 예전 모습과 그대로인지,
그 사람으로 인해 세상이 바뀌고 삶이 바뀌어서
자신 또한 새로 태어난 것인지,
만약에 그 사람이 없거나 사라진다면
난 다시 예전의 모습으로 돌아가겠는지.
좋은 변화는 무엇이고 남겨야 할 모습은 무엇인가?

좋아하는 것을 지키기 위해 변하는 것은 당연한 본능이다.
그러나 그 본능을 위해 잊었던 모습을 영원히 감추지 말자.
잦은 트러블과 상처도 있겠지만 비 온 뒤 땅이 굳어지듯
더 깊은 사랑을 위한 희생이 필요하다면
더욱 진한 진심으로 자신을 보여주고 사랑을 쌓아가는 것이
기다리던 햇살을 그 누구보다 오랫동안 느낄 수 있게 하는
행복일 것이다.

'우리'라는 이름으로 찾아보자

전화벨이 울린다.
"여보세요?"라는 말이 끝나기가 무섭게
"야, 나야! 정말 힘들다! 안 할 수도 없고, 하자니 죽을 것 같고
내 마음대로 되는 게 하나도 없다. 미치겠다."
주저리 주저리 이어지는 대화에서 내가 한 말은
"그랬구나. 어쩌냐. 어떻게 하냐"가 전부였다.
친구는 감정에 북받쳐 분노와 화가 좀 섞인 말로
"일도 그만둘 거고, 그 사람이랑도 헤어질 거야!"라고 말하곤
다시 기운 없는 목소리로
"미안해, 배달음식 왔다, 또 연락할게!"라며 황급히 전화를 끊는다.

전화를 끊고 나는 한동안 넋이 나간 듯이 멍을 때린다.
고요하고 잔잔했던 것들이 꿈틀거리더니
입술이 파르르 떨리고 눈가가 촉촉해진다.
전화를 끊기 직전에 목구멍으로 올라온
삼키지 못한 침들이 한꺼번에 꿀꺽 넘어간다.
그러곤 혼잣말을 허공에 뱉어낸다.

"난 지금 숨 쉬는 것 빼고, 모든 걸 그만뒀어.
이것만은 그만두면 안 될 것 같아."

세상 어디를 둘러봐도 나보다 힘든 사람은 거의 없다.
세상 모든 풍파가 왜 내 앞에만 서 있고 나만 졸졸 따라다니는지.
나의 억울함과 고통, 슬픔은 어디에 가서 위로받아야 하는지.

관계에서 찾을 수 있는 건 당신으로 인한 나다.
누구보다 자신을 잘 아는 만큼 해답을 안다고 생각하겠지만
당신으로 인해 얻을 수 있는 힘과 용기 그리고 몰랐던
당신의 외로움을 어느 순간 끌어안을 수 있다.

너와 내가 아닌 우리라는 힘으로
내게 없는 것과 당신에게 없는 것을
우리는 서로에게서 찾을 수 있다.

시간이 멈춘다면

가장 행복했던 때로
돌아가고 싶다고 말하는 많은 이들의 뒤에서
조용히 혼잣말로 읊조릴 것이다.

“가장 불행했던 끝자락에 서게 해 주세요.”
수많은 행복을 느끼는 것보다
큰 불행이 작아졌음 하니까.

외로운 것이 아닌 공허한 것이다

외로운 것이 아니라고 거울을 보며
하루에도 수십 번씩 주문을 외운다.
남겨진 느낌
떨어진 느낌
허탈한 느낌
혼자라는 느낌
외로운 것이 아닌 공허한 것이다.

외로운 것은
반을 갖고 있기에
나머지 반을 가진 누군가를 만나면
하나가 되어 사라질 것이지만
공허한 것은
나만이 갖고 있기에
누구를 만나도 사라지거나 없어지지 않는다.

그래서 외로움은 행복을 만나면 사라지지만
공허함은 행복을 만나도 사라지지 않는다.
종종 다가오거나 찾아오는 외로움에 크게 신경 쓸 필요 없다.
순간순간의 감정들로 외로움 따윈 내 뜻대로

가까이할 수도 멀어지게 할 수도 있지만
공허함은 순수하게 자신이 가진 공간이다.
그 안에서 투명한 자신을 바라보는 연습을 늘 해야 한다.

그 사람을 용서하지 말자.
용서를 받고 안정되고 평온해지는 건
불난 곳을 천으로 살짝 덮는 것일 뿐
타오르는 것을 꺼트릴 순 없다.

그에게 던진 용서는 나도 갖고 있기에
그냥 조금의 미안함을 무마하기 위한
의미 없는 시간의 소비행위일 뿐이다.
그 일에 대한 기억은 지운 지 오래됐지만
껍데기뿐인 용서라도 건네줘야
찝찝하게 남은 삶의 찌꺼기들을
떨쳐낼 수 있을 것 같아서다.

진심이 담긴 용서는
전보다 나은 미소를
더 많이 줄 수 있을 때 해야 한다.

사랑의 포용력

예전에 이런 생각을 해본 적이 있다.
자기소개서의 성별란에 '남, 여' 이렇게 두 가지가 아닌,
1~10까지의 성별 성향을 표시하면 어떨까 하는 생각 말이다.

예를 들어, 여리한 여성성의 사람은 숫자 1
과격하고 와일드한 남성성의 사람은 숫자 10
그래서 남성과 여성의 성향을 적절히 가진
누가 봐도 이상향인 사람은 숫자 5
남자라 해도 마트에서 장보기나
꽃꽂이 같은 걸 좋아하면 2~3 정도

여자라 해도 과격한 운동이나, 술, 운전 같은 걸
좋아하면 7~8 정도
이렇게 자신이 성향을 표시하면
처음 보는 타인이 남자냐 여자냐일 때보다
상대방을 이해할 수 있는 폭이 넓어지지 않을까 하는 생각을 했다.
세상과 삶은 흑백논리가 아닌 걸 알면서도
자신의 기준으로 판단하고 결정하며 살아간다.
그 판단과 결정은 생각보다 많은 필터를 걸러서 나온 것이 아닌
상황과 시기, 공간과 어떤 사람이냐에 따른 수많은 변수로 단정
지어진다.

삶은 어찌 보면 운의 연속일 수도 있다.
그러나 결국 복잡한 삶과 인간관계 속에서
모두가 얻고 싶은 건 이해의 따뜻함과 사랑이다.
가만히 들여다보면 그 따뜻함과 사랑은
1부터 10까지 다양하다.
아니, 100 이상 더 많을 수도 있다.

모든 사람을 인정하고 품을 수 있을 때까지
겸손하고 포용력 있는 마음으로 세상을 보고 느끼고 싶다.

그냥 그렇게

이해하려고 하지 말고 그냥 담아두자.
가려고 발버둥을 치면 그냥 보내주자.
돌아서서 용서를 빌면 그냥 받아주자.
누군가 또다시 그래도 그냥 웃어주자.
화내면 화병만 생기고
웃으면 미소가 생긴다.

선택한 길

태어난 순간과 죽는 순간은
내 뜻대로 될 수 없는 거지만
삶은 충분히 내 뜻대로 할 수 있다.
그렇지만
무조건의 행복을 향하는 선택과
무조건의 꽃길을 원하는 선택은
생각보다 눈물로 얼룩지는 날이 많을 것이다.

인생은 매 순간이 선택이다.
두 가지 길이건, 여러 가지 길이건
자신이 갈 수 있는 길은 하나뿐이고 그 선택은
자신만이 걸을 수 있는 지워지지 않는 발자국이다.
그래서 모든 이들이 원하는 무조건이
자신의 것이고 자신의 길인지 뒤돌아보는 건 중요하다.
후회를 해도 후회하지 말아야 하며
후회하는 순간부터 기다리고 다가오는 행복의 크기는
점점 줄어들 테니
선택된 길 위에서 가져야 할 것은 긍정의 미소뿐이다.

지내왔던 시간을 쌓으며 행복을 느꼈고,
지내야 할 시간의 여운을 느끼며 행복에 젖고 싶다.

Part 5

남겨진 것들이 있음에 행복한 여운

시간 안의 행복

시간이 모든 걸 해결해준다고 많은 이들은 말한다.
흐르는 바람에 아픔이 날아갈 거라고 믿으며
최대한 눈물을 감추고 꿋꿋이 오늘을 숨쉰다.

그 많은 시간은
어디에 있는지 모를 정도로
눈과 기억에서 멀어지고
간직하고픈 시간 역시 점점 희미해져 간다.

그 알 수 없는 시간은
오늘도 내 눈을 보며 지나가고
내 피부를 스쳐 지나가고 있다.
그러니 기쁨과 슬픔,
모두 당신이 즐기고 견딜 만큼만 주고 있으니
욕심내지 말고 피하려고도 하지 말자.
그렇게 시간은 모든 걸 해결해준 게 아닌
그때 내가 머물고 행복할 수 있게 나를 도와준 것이다.
지금의 흐르는 시간이 이렇게 행복한 것처럼 말이다.

왜 그땐 행복이 멀리 있다고 느꼈을까.
지금 흐르는 이 시간 안에 있는데 말이다.

연고와 밴드

사랑과 상처는 불행히도 다른 말이 아니라 같은 말이다.
모순된 두 언어는 떼려야 뗄 수 없는 관계지만
사랑을 생각하면
상처의 "ㅅ"자도 떠오르지 않고
상처를 생각하면
사랑의 "ㅅ"자도 떠오르지 않는다.

그러나
사랑을 하면 상처를 받게 되어 있고
상처를 받으면 사랑을 하고 있다.
이렇게 두 단어는 늘 함께인데도
사랑만 하려 하거나 혹은 상처를 받으면
사랑이란 건 없다고 여기기 때문에
삶은 늘 어렵고 힘들다고 느껴진다.

이제는 당연한 이 두 단어를 마음속으로 받아들여
사랑을 하면서 상처도 받으려 한다.
그래서 나는 늘
연고와 밴드를 가방에 넣고 다닌다.
상처가 두려워 사랑을 하기 싫진 않으니까.

누구를 위한 사랑이었을까

정의가 없을 것 같은 사랑을 말하려고 할 때
흔한 연인들의 대화가 떠오르곤 한다.

"자꾸 왜 그러는데, 내가 널 얼마나 사랑하는지 몰라?"
"왜냐니? 그게 무슨 말이야? 사랑하니까 그러지!"
"내 마음을 정말 모르겠어?"

사랑이란 것이 누가 누구에게 어떤 언행을 하기 위한
수단과 명분이 될 수 있을까?
널 향한 내 마음은 명사 같은 정의로서
세상 끝나도 절대 불사의 사랑인 것으로
이 세상 모든 사랑을
왜 너에게만 주는 줄 알았고
왜 나에게만 주는 것 같았을까.

시간이 지나고 생각해 보면
성숙함이라는 값진 열매를 맺은 것 같지만
여전히 사랑은 누군가를 향한
끊임없는 내 안의 해소일지도 모른다.
그 시절 세상 끝날 것 같이 미쳤던 사랑이

너를 위한 사랑이었을까?
나를 위한 사랑이었을까?

다른 시간 같은 공간

자정
누군가는 휴식을 위한 마침의 경건함
누군가는 시작을 위한 준비의 경건함

오전 6시
누군가는 떠오르는 태양을 맞이하며
하루의 행복을 상상하고
누군가는 떠오르는 태양을 바라보며
행복의 맺음을 간직한다.

그렇게 너와 난
다른 시간을 걷고 있어도
고요한 시간 안에서 하나가 된다.

맞닿는 시간에 서로의 공간으로
들어갈 수 있다면
언제든 널 만날 수 있다.

브라질너트

한창 인기가 있었던 브라질너트를 인기가 좀 식었을 때쯤
호기심에 사 먹어 보았다.
"셀레늄의 제왕"이라고 서로들 앞다투어 매스컴에 보도될 땐
별로 관심도 없다가 뒤늦게 궁금증이 생긴 것이다.
영양분석표를 보니 타 견과류들에 비해
월등히 높은 영양 비율을 보였다.
그래서 그런지 가격도 호두나 아몬드보다 훨씬 비쌌다.

섭취 시 주의사항이 있었다.
하루에 5개 이상 섭취하지 말라는 것이다.
'특정 성분의 과잉 영양은
오히려 건강에 안 좋은가 보구나'라고 생각했다.
크기도 상당히 컸다. 한쪽이 거의 호두 한 알만한 크기였다.
한 알을 입에 넣고 오물오물 씹었다.
무슨 맛인지 한참을 생각했다.
한 알을 다 먹고 나서도 무슨 맛인지를 몰랐다.
2알, 3알을 연신 먹었다.
5알을 먹을 때쯤 "아, 맞다. 일일 권장량! 많이 먹지 말라고 했지."
5알을 다 먹고도 한참을 생각했다.

보통 '땅콩 맛, 호두 맛, 아몬드 맛'이라고 하면 다들 안다.
같은 견과류니까 '비슷한 맛이겠지' 싶지만 전혀 생소한 맛이었다.
'누가 물어보면 맛과 식감을 뭐라 설명할까?' 고민하다가
불현듯 비슷하게 떠오른 게 '마카다미아'였다.
솔직히 마카다미아도 가격이 비싸고
판매하는 곳도 흔하지 않아서 모든 사람들이 쉽게 접하고
가볍게 먹을 수 있는 견과류는 아니다.

그랬었다.
그때의 사람들은 제각기 '땅콩 맛, 호두 맛, 아몬드 맛'으로
각자의 특색과 또렷한 기억의 영양소로 내게 영향을 주어
삶의 한 부분을 채웠기에 그 양분으로 지금의 내가 있나 보다.
그런데 딱히 뭐라 설명할 수 없는
무색, 무취, 무향의 투명에 가까운 누군가도 분명 있었다.
어쩌면 있는 듯 없는 듯
내 곁을 그림자처럼 지켜주고 스쳐 갔던 사람이
내 몸과 마음을 어느 누구보다
튼튼하고 강하게 만들어주었는지도 모른다.

땅콩처럼 흔히 사 먹을 수 없는 브라질너트 같은 사람이
당신이었단 걸 뒤늦게 회상한다.
순수하다.
순진하다.

순진하진 않았지만 순수했고
순수하진 않았지만 순진했다.

모두가 순진했던 그 시절
순수하지 않았던 너는 내게 아픔을 주었고
순진하지 않았던 나는 순수한 마음으로 너를 감싸 안았다.

나의 순수한 마음은 한참 어른이 되어서도
너의 남겨진 순수한 마음에 꽃가루를 뿌려주었고
순수함이 녹아들 수 없을 정도로 진한 순진함의 너는
끝내 나의 순수함을 이해하지 못했다.

널 위한 나의 순수한 기도는
어딘가에서 힘든 하루를 살아가고 있을 네게
큰 위안과 안식처가 되기를 늘 소망한다.
그리고
너로 인한 행복의 마음이 꽃피운 것처럼
가끔 나의 평온을 멀리서 느꼈으면 한다.

닮은 점 찾아내기

유난히도 좋았던 그 사람
혹은 깊은 인연이 아니었어도
너무나도 특별했기에 오랜 시간 동안
문신처럼 지워지거나 흐려지지도 않고 그대로 남겨진 그 사람.

그때엔 그 사람 외엔 모든 것이 멈춰져서
아무것도 보이지 않았지만
시간이 지나면서 그 사람만 멈춰지고
보이지 않던 것들이 보이고 움직이기 시작했다.

그건 어쩌면 알면서도 절대 될 수 없는
하늘에 있는 달과 별을 내 방 안에 놓고 싶은 마음이었다.
그러고는 또다시 추억에 잠겨
그와 나만을 울타리 안에 넣는다.
그러면 신기하게도 보이지 않았던
사소한 공통점이나 패턴을 발견하게 된다.

예를 들어, 이름의 획수가 같다든지
습관적으로 정해진 시간에 무엇을 했다든지
내 생일은 12일, 그 사람은 21일이라든지

내 키는 167, 그 사람은 176이라든지 등등….
수많은 사소한 것 중 공통적인 패턴을 발견하면
또다시 내 공간은 한동안 눈물바다로 얼룩진다.

이별 후 삶이 다른 모든 것으로 가득 채워진 후
그 사람의 존재를 잊고 있었던 어느 날 생일을 맞이한다.
즐겁고 행복한 하루의 끝을
고요함 속의 작은 섬광들이 슬며시 스칠 때쯤
그 사람의 생일을 달력에서 보았다.
나와 같은 요일이다.
날짜는 다르고 요일이 같다.
달력을 넘겨보았다.
내년에도 같은 요일이다.
후년에도, 10년 후에도, 20년 후에도….
그 사람과는 매년 같은 요일에 생일을 맞이하고 있었다.
그 사람을 만나기 전부터 같은 요일이었다.
태어날 때부터 죽을 때까지 같은 요일의 생일을 맞이하는 거였다.

억지로 끼워 맞추듯 흔한 단어를 하나 갖다 붙인다.
'우리는 만나기 전에도 만날 인연이었나 보다'라고.

운명

사람이 평생 살아가면서 수많은 사람들이랑 관계를 맺고 살지만
기껏해야 수백 명 정도이다.
유명인들도 수천, 수만 정도가 한계치이겠지만
그 많은 사람들과 관계의 깊음은 몇 안 될 것이다.

몇십억 인구 중에 희미하게 기억날 만큼
잠깐이라도 스쳤다는 건 운명인 것이다.

하필 그때 그 사람이었고 하필 그 순간에 당신인 것이
그냥 바람이 그쪽으로 불어온 것도
그냥 물이 그쪽으로 흘러간 것도 아닌
그때 그 순간이었기에 마주한 것이다.

그때의 스쳐 갔던 당신도 지금의 곁에 있는 당신도
어쩌다 마주친 우연도 아닌 일부러 기다린 필연도 아닌
거리를 걷다가도 혹은 아무 책이나 펼쳐도
어디에서나 쉽게 마주할 수 있는 단어
'운명'인 것이다.
운명은 그냥 내가 태어난 것이고
태어난 내가 너를 알아본 것이다.

사랑의 준비

옛말에 "화장실 들어갈 때와 나올 때 다르다"는 말이 있다.
"사랑도 들어갈 때와 나올 때 다르다"는 것을
많은 이들이 경험해봤을 것이다.
그래서 생각해 봤다.
급해서 그랬다.

쉽진 않겠지만
화장실 갈 때는 되도록 급하게 가지 말고
적절한 예상과 준비로 여유를 갖고
준비물은 제대로 마련되어 있는지
볼일을 보기에 내 옷은 불편하지 않는지…
이러한 것들을 조금이라도 생각하고 간다면
누가 보더라도 안절부절못하고 급하게
화장실을 가는 모습과 나온 후에 평온해진 모습이
크게 다를 바 없이 보일 것이고
스스로도 몸과 마음에 큰 변화가 없을 것이다.

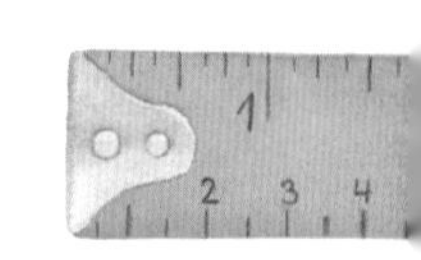

예상치 못하게 다가온 사랑
온전한 진심을 전하고 싶은 마음
마음을 알아주지 못하는 속상함에 쓸어내리는 안타까운 심정

급한 마음에 서두르고
앞뒤 안 가리고 해결부터 하려는 사랑의 모습은
분명 찜찜한 여운을 남기고
그로 인해 작은 트러블마저 발생할 것이다.

모든 일을 미리 준비하고 대비하는 건 쉽지 않다.
그러나 당장의 목적으로 인해
소중한 것을 영원히 잃어버리는 행위는
삶에서 쉽게 볼 수 있다.
자신의 소중한 것을 잃어버리는 행위로 후회할 사람이
당신은 아니길 바란다.

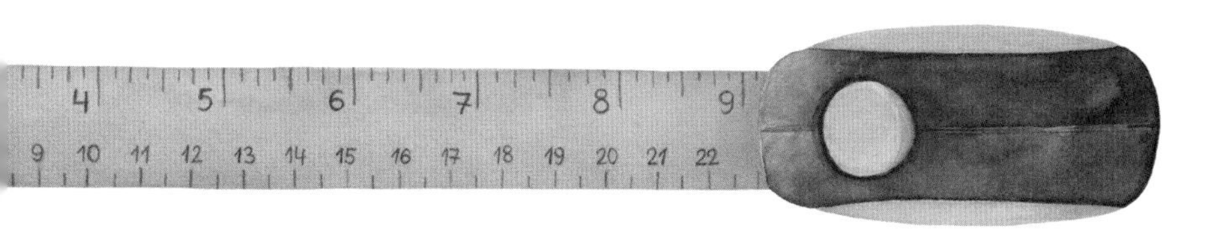

골라 마시지 말자

소주와 맥주는 사회생활을 할 때 마시거나
혹은 지인들과의 자리에서 마시지만
혼자 있을 때는 양주를 즐겨 마시곤 한다.
같은 술인데도 소주와 맥주는 많은 사람들이 즐겨 마시지만
양주는 높은 가격과 도수 때문인지는 몰라도
여럿이 즐겨 마시는 술은 아닌 것 같다.
나는 양주를 얼음과 각종 음료에 희석해서
연하게 조금씩 음미하니까 그리 취하지도 않으면서
기분 좋은 취기를 오래 느낄 수 있어서 좋다.
일 년에 두세 병 정도 마시니 그리 많이 마시는 편도 아니다.

가벼운 맥주 같은 사랑을 벌컥벌컥 마시며
수많은 희로애락을 느끼고 즐기는 인생에도 소중함이 담겨 있고
무거운 양주 같은 사랑을 조금씩 느끼며
쓰디쓴 슬픔과 아픔에 여운을 오래 남기는 사랑도 소중하다.

어떠한 사랑을 하든
고정관념과 편견으로 자신이 원하는 사랑과 인간관계를
막거나 놓쳐버리는 안타까운 행위는 안 했으면 하는 바람이다.
누구나 인생은 딱 한 번뿐이니까.

낭만

기억은 시간의 흐름에 물결이 친 후 잔잔해지고
추억은 희로애락의 타버린 재와 같이 희미하게 사라지며
흔적은 커다란 바위를 세차게 몰아치는 파도처럼 어루만진다.

슬픔과 괴로움은 천천히 걷는 인생길 위에
남몰래 하나둘씩 버리면서 걸었고,
기쁨과 즐거움은 날아갈 듯한 가벼운 몸으로
세상 곳곳을 누비며 별빛을 뿌렸다.

안개 자욱한 거리를 걸으며
자갈길인지 아스팔트인지 알 수 없는 길 위에서도
오롯이 나만 비추고 있는 희미한 한 줄기의 빛으로 인해
끝없이 미소를 지을 수 있는 것이 낭만인 것이다.

어딘가에서

거세게 몰아치는 폭풍우 말고
너무 가늘어서 보이지 않는 이슬비 말고
잔잔히게 땅에 떨어질 때 방울들이 흩이지고
특유의 청량한 소리가 나는 그런 빗방울은
어디에선가 눈가가 촉촉해진 이들의 마음을 대변한다.

뭐든 날려 보낼 듯한 거센 바람 말고
아무것도 아닌 듯 느낄 수 없는 미세한 바람 말고
머릿결을 나풀거리게 하고 눈꺼풀을 파르르 떨릴 수 있게 하며
귓가를 간지럽히는 소리가 이따금씩 들리는 그런 바람.

그런 빗방울을 같이 맞았던 사람
그런 실바람을 같이 느꼈던 사람
당신도 어딘가에서
그런 비가 내리고
그런 바람이 불 때
여전히 같이 숨 쉬며 살고 있음을 느꼈으면 한다.

정신없이 바쁜 하루 중에도
분명 그 잠깐의 들숨과 날숨에
누군가가 들어오고 빠져나가는 듯한
기분을 느끼는 것처럼
사계절의 날씨가 나를 거쳐 가는 것처럼
당신도 나를 그냥 지나치지는 못할 것을 안다.

나만의 그곳

가끔 혼자 여행을 한다.
가고 싶었던 곳을 혼자 가는 이유는
누군가와 함께 가서 즐거운 추억을 쌓은 후
이별을 하게 되면 다시는 그곳에 갈 수 없기 때문이다.

그곳은 나를 위한 장소이길 바라는데
누군가와의 추억이 섞여버리면
아름다운 장소가 눈물로 얼룩져
빛을 잃은 달과 별을
영원히 품어야만 하는 고통으로 남겨질 수 있기 때문이다.

그러나 사랑은 소중한 것을 함께하는 거라고 했던가.
달빛이 아름다운 그곳을
별빛을 가져다준 그와
평생 함께할 수 있는
장소로 소중히 남았으면 좋겠다.

기다리고 기다리고 있거든

바닷물이 계속 파도를 치고 멈추지 않는 이유는
어디선가 멈추지 않는 너의 눈물 때문이겠지.
그 거센 파도를 온몸으로 뒤집어쓰고
이렇게 기다리는 이유는
내 안에서 평온히 잠들 너를
늘 꿈꾸고 있기 때문이야.

어딘가에 섞여 있었는지 겨우 찾을 수 있었던 만남의 순간에도
놓을 수 없는 걸 알면서도 얇아진 인연의 끈에
눈물 대신 따스한 촛불의 촛농으로 감싸 지키려 했던 순간에도
기다림에 만났고 기다림으로 멀어짐을 느꼈다.

너를 볼 수가 없고 만질 수 없음에
흐르지 않는 눈물은 억지로 참아낸 것이 아닌
해변가에 서서 발목 위로 살랑대는 바닷물이
밀려올 때 눈물을 흘리고 나서 이런 생각이 들었다.
'저 넓은 바다에 네 눈물도 있다고 했지?
이젠 내 눈물도 섞였으니 기다리고 기다리다 보면
우린 만날 수 있다고.'

마르지 않는 저수지

대체 하늘 어느 곳에 갇혀 있었는지
여름만 되면 엄청난 비가 미친듯이 쏟아져 내리고
그럴 때면 갇혀 있던 눈물도 와르르 쏟아져 내린다.

아무도 모르게 흐르지 않도록
눈물을 꾹꾹 눌러 담았던 눈가에
촉촉한 눈시울이라도 들킬까 봐
별로 웃기지도 않은 일에
큰소리를 내어 웃곤 한다.

아무렇지 않다는 것은 그 누구에게도
있지도 않고 있을 수도 없는 일이다.
그저 마르지 않고 쌓이기만 하는 저수지의 물처럼
작은 물결조차 없는 잔잔함으로 시간 속에 갇혀 있다가
수문을 열면 많은 양의 물이 한꺼번에 빠져나가고
또다시 비워진 저수지엔 조금씩 물이 차오를 것이다.

비가 내리는 건 잠깐이고
맑고 푸른 하늘이 고개를 내밀면
나 또한 미소를 내민다.
그러고는 또다시 하늘엔 한두 방울 모이겠지.
그리움이라는 차가운 빗방울이.

피베리

나는 커피를 좋아한다.
좋아하는 특정 원두가 있긴 하지만
웬만해서는 대부분의 커피를 즐긴다.

원두에 대해선 배운 적이 없어서 잘 모른다.
원두 콩 열매 한 개당 두 개의 커피콩이 들어있다는 정도는 안다.
그런데 열매 한 개에 단 한 개만 들어있는 커피콩이 있다고 한다.
바로 '피베리'라는 원두다.
특별한 원두라고 하여 약간 높은 가격에 팔린다고 한다.

일반적으로 커피 체리 하나에 두 쪽의 원두 콩처럼
인생은 늘 두 갈래 길의 선택이다.
두 쪽의 원두 콩을 가공하는 순간
어느 것이 어느 것과 짝인지 절대 알 수 없다.
사람을 선택하는 것이나 혹은 어떠한 일을 고민하다
선택하는 것 역시 갈림길에 서서 하나를 골라야 하는 것이다.
그런데 피베리는 선택이 필요없는
그냥 날 위한 특별한 커피 원두 콩이었다.
특별한 원두의 맛을 늘 보다가

일반 원두의 맛을 봤을 때 비로소
'피베리 원두가 나만을 위한 것이었구나'라는 것을 새삼 느낀다.

사랑을 할 때 후회와 미련은
이 세상 어느 곳에도 없는 단어가 된다.
이 단어들을 평생 알고 싶지 않을 만큼
나만의 피베리인 것을 한눈에 볼 수 있는 눈을
사랑을 할 때 주었으면 하는 바람이다.

사랑도 의리다

어렸을 적 나이가 조금 있는 형이나 누나들이
"사랑은 의리야!"라고 말했던 기억이 간혹 떠오른다.
당시엔 '동성 간 사귀는 것도 아닌데 뭔 소린가' 했다.
20~30대가 알고 있는 일률적인 남녀의 관계가 아닌,
의리를 지키는 것이 진정한 사랑이라고
말하는 시점에 와서야
'그래도 어린애 티는 벗어났구나' 하는 생각이 든다.

나도 이 말이 가슴 깊이 들어왔을 때는
남들이 흔히 말하는 아저씨가 된 후였다.
정확하게 무엇이라고 표현은 못하겠지만
말하자면 '중간'인 것 같다.
'미지근한'이라고 표현해도 나쁘지 않을 것 같다.
뜨겁지 않지만 식은 것도 아니고
애달프지 않다고 보고 싶지 않은 것 또한 아니다.

적당히 살아왔지만
아직 살아갈 인생이 더 많은 시점에서
사랑은 아직도 잘 모르겠다.
'매 순간 삶에 놓여 있는 것들과의 사랑이
기쁨과 즐거움이라면
그 기쁨과 즐거움이 진하게 농축되어
살아갈 힘을 주는 것이
의리로 남겨진 사랑은 아닐까'라는
생각이 든다.

잠시 떨어져 있을 뿐

사랑과 추억은 반대말이라고 어디에서 읽었다.
결국엔 끝나버린 사랑을 추억이라 말하고
지금의 아름다움을 사랑이라 말하고 있다.

아름다운 추억은 가슴에 남고
외로움이 찾아오면 눈물을 떨군다 했다.
그러나 모두의 추억이 씁쓸한 비극이라
말하지 않았으면 한다.

누군가의 추억은
손 내밀면 닿을 곳에 늘 숨쉬고 있고
진심을 담은 포옹이 예전 같은
살 냄새에 취한 애틋한 사랑이 아니어도
순간의 울컥함에 고맙다고 던진 한마디를
당연한 듯이 읽을 수 있는 것이다.

그 눈빛과 작은 손짓 하나에 담긴 진심은
당신과의 사랑이 끝난 것이 아닌
조금 오랫동안 떨어져 지내고 있는 것이라고 말한다.
떨어져 지내는 시간이 죽음 직전까지 간다고 해도 말이다.

사랑과 추억은 아침에 상쾌한 공기를
깊게 들이마시듯 늘 같이 숨쉬고 있는 것이다.
절대 지워지지 않는 너의 눈, 코, 입
그리고 귓가에 웅얼거리는 음성으로
길을 걷다 가끔은 나도 모르게 뒤돌아봐도 아쉬움이 남지 않는
흐뭇한 미소가 영원히 남아 있기 때문이다.

선인장을 선물하세요

시간이 멈춘 듯한 느낌의 사랑을 만나면
화려한 장미꽃 대신 선인장을 선물하자.

화려한 색채와 강렬한 향으로는
잠시 머물게 할 수 있겠지만
오랫동안 유지할 수 없는 여린 꽃보다
오래도록 함께해도 변하지 않을 모습으로
곁에 있어 주는 투박한 선인장을.

선인장처럼 영하의 날씨와 불볕더위에도 뿌리를 내리고
꽃을 피우는 생명력으로 당신께 다가가려 한다.
가시에 찔리지 않게 너무 가까이하지 않을 것이며
물을 많이 주면 썩어버리는 걸 알기에
적당한 거리에서 한결같은 모습으로 지켜볼 것이다.
그런 변치 않는 모습으로
당신 곁에서 영원히 함께하고 싶다.

날 닮은 누군가를 만나라

네가 미워 너와 다퉜는데
달만 보면 네가 보고 싶다.

네가 싫어 너와 헤어졌는데
너와 닮은 누군가를 만나고 있다.

너도 날 닮은 누군가를 만났으면 좋겠다.
그래야 내게 다시 돌아오지.

지울 수 없는 기억은 작은 습관을 만들고
의식 없는 습관이 나를 네게 데려가려 한다.
만날 수만 있다면 한 번도 무엇에 의지해본 적 없는 나를
바람에게 맡기려 한다.

커피가 맛있는 이유

비 오는 날은 조금 멀리 떨어져 있는
한적한 카페를 찾아가곤 한다.

비 오는 날 커피가 맛있는 이유가 있다.
차가운 빗방울 사이를 뚫고
나에게 전해진 따뜻한 너의
온기를 흐르는 눈물과 함께
마시면 가슴에 행복만 남아서다.

도심 속에선 흔적도 찾을 수 없는 너의 모습이
인적이 드문 곳을 찾아갈 때면 보이기 시작한다.
너 역시 흘리지 못한 눈물을
커피 한 모금에 섞어 쏟는다.

멈추지 않는 눈물로
입가에 떠나지 않는 미소를 머금고
마시는 커피는 그 어떤 커피보다 맛있다.
커피 향 대신 당신의 향기를 느껴서 그런가 보다.

투명한 당신

가졌다고 생각한 것들에
집착하지 않았고
이미 놓아버린 것들에
집착하고 있다.

잠깐 나를 스쳐 지나간 것들이
내 것인 것처럼 당연하다고 생각했었다.
세상에는 내 것이 아닌 것들이 훨씬 많은데
나를 향해 미소 짓는 모든 것들을
내 것이라 여기고 많은 시간을 보냈다.

하나가 떠나면 두 개가 버려지고
순간 아쉬움에 잠시 눈물이 흐르고 있을때
네가 보이지 않았다.
그렇게나 믿고 있었던 네가
떠난 건 아닌데 보이질 않는다.

나의 무관심은 너를 기다리게 했고
너의 무표정은 나를 멀어지게 했다.
슬픔도 불행도 아닌
기쁨과 행복은 더더욱 아닌
오랜 시간 영혼 없는 너를 곁에 두었다.

있는지조차 몰랐던
너의 날개를 다시금 활짝 펼쳤으면 좋겠다.
하지만 너 또한 내 것이 아니었나 보다.

한여름의 온천욕

더위를 식히러 찾아간 워터 파크나 계곡 등지에서
물놀이를 실컷 하고 나면 더위가 가시는 것 이상으로
몸의 체온이 떨어져 서늘하기까지 하나.
그러다 한쪽에 작게 마련된 따뜻한 노천탕에서
몸을 담그고 휴식을 취하면
계절과 상관없이 포근하고 평온한 느낌이다.

그게 너였나 보다.
더위가 싫어 여기저기 시원한 곳을 찾아 헤매도
너는 늘 내게 따뜻했다.
더운 여름에도 따뜻한 너를
시원한 것들에 가려져서 볼 수 없었나 보다.
그나마 겨울이 되어서야 너의 존재를 인식했고
그렇게 바뀌는 계절은 변함없이 당연한 삶이 되었다.

후회의 폭풍 뒤엔 아련한 그리움만 남았다.
여전히 더운 여름엔 시원한 것을 찾지만
이따금 바람이 살짝 불 때면
최대한 따뜻하고 뜨거운 것을 찾는다.
그렇게 난 한여름에 온천욕을 즐기게 되었다.

질투의 양념

누군가를 사랑하고 싶지만
질투심이 없어서 사랑을 할 수가 없다.
사랑을 주거나 받을 땐 적절한 간으로 맞추어야 하는데
맛을 내는 가루인 질투심을 다 써버렸다.

누구나 사랑의 시작은
사랑과 질투가 적절하게 버무려진 양념으로
조화가 잘 이루어져 있어 늘 달콤하지만
결국에는 익숙해진 입맛에 싫증이 나고 되돌리려 애쓰려면
마법의 가루가 점점 더 필요해진다.
설사 그것으로 인해 끝을 보고 더한 끝을 본다 하더라도.

한결같이 맛없는 사랑은 세상 어디에도 없고
애초에 시작이란 것도 없다.
처음부터 엉망으로 된 플레이팅과
밍숭맹숭한 맛의 사랑을 먹으려는 사람은 없다.
불행의 끝보다 맛없는 것이 존재한다는 걸 뒤늦게 알았다.

한결같이 맛없는 사랑도
원래부터 맛없진 않았다.
사랑의 맛을 일깨워줄 수 있는
누군가를 기다린다.

잡히지 않는 무지개

무지개는
원한다고 해서 보이는 것도 아니고
기다린다고 해서 나타나는 것도 아니다.
흠뻑 젖었던 마음이 햇살을 막 받을 때쯤
그 순간 멀리 바라보면
어느 순간 맘속에 무지개가 드리워진다.

너도 그랬다.
보고 싶어도 볼 수 없었고
기다려도 오지 않았다.
마를 것 같지 않은 흠뻑 젖은 마음이
서서히 말라 갈 때쯤
멀리서 나를 보며 웃어만 주었다.

그 미소를 간절히 원해서
세상 끝 벼랑에 선다 해도
그 어떤 후회나 미련 따윈 절대 가질 수 없을 만큼
당신은 늘 꿈꾸었던 사람이었고
늘 원했던 인연이었다.

그러나 널 마음속에 묻고
다른 이의 품속에서 또다시 울고 나니
원치 않은 무지개가 비친다.

잡히지 않는 무지개
가질 수 없는 아무개
멀지만 멀지 않은 곳에
넌 늘 있었고
난 늘 멀어져갔다.

진한 것만이 사랑은 아니다

처음부터 유화로 진하게 그리는 사랑도 있고
흐린 연필로 보일 듯 말 듯 스케치하는 사랑도 있다.
스케치를 하고 색을 채우지 못한
미완성의 사랑이 아름다울 때가 간혹 있다.

진한 것만이 사랑은 아니다.
불어오는 바람에 설레고
흘러가는 냇물에 미소지을 수 있다면
그것 또한 사랑이다.

어디에서 시작되었는지 알 수 없지만
언제든지 내 곁에서 미소를 짓진 않지만
내가 원할 때 만질 수 있는 사랑은 아니지만
느낄 수 있으면 그것이 바로 사랑이다.

비록 탐스러운 열매가 열리지 않았어도
화려한 꽃을 피우지 못했어도
그때의 너는 내 사랑이었다.
다시 한 번 내게 다가와 진한 사랑을 놓아주지 않아도
너는 내 사랑이다.

어둠 속을 걷는다

가끔씩 어둠 속을 걷는다.
반쯤 우울하거나 반쯤 슬픈 상태를 자처한다.
그래야 생각이 나고 추억이 떠올라서 다시 만날 수 있다.
그때로 돌아가서
그곳에 도착하면
당신을 만날 수 있다.

눈부신 햇살이 가득한 이곳도 좋지만
가끔씩 거친 어둠 속을 천천히 걷는다.

어둠 속을 좋아하진 않지만
가끔씩 걸을 뿐이다.

존중

사랑을 시작하려 할 때
사랑이 시작되는 바로 직전까지는
그렇게 메말라 있던 세상에 모든 것들이 달달함으로 바뀐다.
무한긍정 외에는 그 어떤 부정도 내 삶에 들어올 틈이 없다.
그러나 사랑의 시작과 동시에
욕심으로 하나둘씩 내 것이 되어가고
가지면 가질수록 멀어짐을 느낀다.

잊고 있었던 것이 있었다.
바로 '존중'이다.
내 마음과 시간이 중요한 만큼
상대의 생활, 시간, 공간 역시 소중하다.

급하게 먹는 밥은 체할 줄 알면서도 멈출 수 없다.
이유는 간단하다.
너무 맛있으니까.
소화제를 한두 번 먹을 때는 아무 문제없이 잘 내려간다.
반복되다 보면 내성이 생겨 아무리 소화제를 먹어도 소용이 없다.

한두 번 체한 사랑은 가볍게 소화제를 먹으면 된다.
소화제 양이 늘어나기 전에
혹은 병원 신세를 지기 전에
맛있는 건 천천히 소중하게 먹는 습관을 기르자.

작은 막대사탕

'사탕'이 달콤하고 맛있어서 많이 먹으면
이가 썩고 건강이 나빠진다.
'사랑'도 너무 달콤하다고 푹 빠지면
마음이 썩고 건강도 나빠진다.

달달구리 사탕의 유혹을 어떻게 참을 수 있을까.
나는 달달구리 사랑의 여운을 참고 잊으려 애쓴다.

적당한 사랑이 우리를 건강하게 지켜줄 것이라 알고 있지만
사랑은 되도록이면 커다란 사탕으로 먹고 싶다.
강렬한 유혹이 슬픔의 여운이 되지 않도록
다가올 사랑은 작은 막대사탕 같은 크기였으면 좋겠다.

극과 극의 단어

순수의 아름다운 감성과
퇴폐의 아름다운 성감은
백지장을 사이에 두고 붙어있는 듯하다.
옳고 그름의 차이보단 언제든 넘나들 수 있는
자연스러움의 다리 같지만
쉽사리 넘나들지는 못한다.

부드러움의 끝은 강렬함으로 치솟아 잔잔해지고
강렬함의 시작으로 서서히 식어가는 부드러움은
정신과 육체에 흘러넘치는 만족의 사랑을 느끼게 한다.

아름다움의 시작과 끝은 언제나 행복이기에
너의 마음을 얻기를 바랐던
너의 생각을 알기를 원했던
너의 육체를 탐했던 그때도
모두 사랑이었다.

보이지 않는 끈

손가락으로 꼽지 못할 만큼 수십 번의 계절이 바뀌고
무엇으로도 끊지 못할 만큼 두꺼웠던
인연의 끈이 끊어지고 나니
상상조차 해본 적 없던 이별이라는 단어에 마침표를 찍었다.

아름다운 이별은 절대 없다던
그 누구의 말을 우리는 보란 듯이 뒤집고
환한 미소로 서로를 따뜻이 안아주었다.

누군가 말했다.
세상 모든 만물의 평온은 시간의 흐름이라고.
틀리지 않은 말이다.
오히려 흐른 시간은 조금씩 쌓여서
너무나 투명해서 보이지 않는 새로운 끈을 만들고
점점 더 굵고 두꺼워졌다.

그렇게 헤어진 우리는
이제 평생 웃으면서 만날 수 있었다.
그동안 헤아릴 수 없는 수많은 '희로애락'을 함께했으니
이젠 아주 가끔 너와 '희락'만 함께 할 수 있어서 기뻤다.

널 처음 봤을 때 날 바라보던
은은한 달빛의 눈동자를
가슴속에 묻고 살았었는데
이젠 가끔 잊고 지낸 눈동자를 다시 꺼내어
언제든 볼 수 있어서 행복하다.

핸드 드립 커피

여러 가지 커피 중 즉석에서
원두를 직접 갈아 필터지에 담은 후
뜨거운 물을 부어서 내려 마시는
드립커피를 좋아한다.
그러면 정말 향긋한 향이 올라와
온몸을 감싸고 평온한 느낌을 받는다.

커피에 물을 내리듯이
향긋한 향을 올리려면
내려야 함을 깨닫는다.

너의 향긋한 향을 올려서 감싸 안으려면
널 내려놔야 한다는 걸
커피를 마시면서 문득 느낀다.

과한 집착과 병적인 관심으로는
너의 향기를 맡을 수 없다는 것을
그때는 알지 못했다.
지긋이 놓여진 너에게 아무것도 아닌 흔한 물 같은 사랑을
조금씩 차분하고 때론 세심하게 내려 주면
어느새 나는 너에게 둘러싸여
세상 가장 평온한 사랑을 느낄 수 있다는 것을
그때는 알지 못했다.

잔잔히 흐르는 강물을 바라보면서
향긋하게 올라오는 커피 향기를 맡으며
너를 느낀다.
이제라도 차분하게 내려진 마음이 흐르고 흘러
네게 닿을 수 있다고 믿는다.

내 것이 되는 순간

잔잔한 바람
상쾌한 공기
고요한 어둠
깊어지는 새벽의 시작은
닿을 수 없는 너에게로 향하는
간절했었던 그 시절의 꿈같은
설렘이다.

생기 있게 깜빡이는 눈동자에
스치는 바람으로 너를 맞이하며
반쯤 감은 눈으로 들이마시는
이슬 섞인 공기는 지난날 너와의
촉촉했던 입맞춤을 생생하게 떠오르게 하고
달빛과 별빛 외의 모든 빛이 사라지는 어둠 속에서
잊었던 행복의 단꿈들이 살며시 옆자리에 놓여진다.

그러나 나는
이 설렘을 느끼고 싶지만 좋아하지 않는다.
너는 보이지도, 만질 수도, 느낄 수도 없는
눈감아야 내 것이 되는 존재니까.

흩어진 사랑

마음을 닳도록 쓰고 써서
얇은 종잇장처럼 투명해져서
버티지 못하고 찢어지기 전에
나를 떠나가 주길 바랐다.
너에게 할 수 있고 줄 수 있는 건
나밖에 없었기 때문에
그렇게 네가 없는 자리는 나 또한 없어 보였지만
닳아 없어진 것이 아닌 깊어진 것이다.

같이 깊어지길 바랐지만
높이 날아가길 원했기에
만질 수 있는 남겨진 사랑보다
느낄 수 있는 흩어진 사랑으로
또 하나의 사랑을 얻었다.

글을 마칠 때쯤까지 사랑과 행복에 대해 수많은 것을 생각하면서 과연 사람들은 얼마나 많은 사랑을 갈망하고 얼마나 많은 행복을 원하는지를 끊임없이 생각해 봤습니다.
그리고 어설프게나마 내린 결론은 "무한정"이었습니다. 저마다 다른 크기인 "욕심"이라는 마음이 죽을 때까지 사라지지 않듯이 사랑과 행복 또한 죽음의 문턱에서까지 원하고 갈망하는 것 같습니다.
저 역시 글을 쓰면서 많은 사랑과 행복의 길을 걸어왔고, 그 길 위에서 많은 것을 느끼고 깨달았다고 생각했지만 극히 일부분이었다는 것을 글이 마무리될 때쯤 느꼈습니다.
지혜와 현명함, 융통성 같은 현실적인 사리 분별은 살아왔던 시간 동안 대부분 적당히 비례하는 것 같았지만, 사랑과 행복은 그렇지 않은 것 같습니다. 사랑하면 할수록 행복하면 할수록 더욱더 모르겠고 더 많이 알고 싶고 느끼고 싶고 원하는 것이 사랑과 행복인 것 같습니다.

한 권으로 완성된 에세이집이지만 아주 많은 시간에 더 많은 희로애락들이 녹아든 글입니다. 돌이켜보면 한참을 써 왔다는 생각이 들었는데 써온 만큼보다 더 많은 이야기들이 저 멀리서 저를 지그시 바라보고 있습니다. 남겨진 많은 것들을 시간이라는 제약된 공간에서 완성해 나가진 않을 겁니다. 갈고닦아 이쁘게 옷을 입혀주고 가장 중요한 진심이 풍성하게 가득 찼을 때 또다시 세상에 나올 것임을 약속드립니다.

모든 순간은
사랑이었다

초판1쇄 인쇄 2019년 6월 3일
초판1쇄 발행 2019년 6월 8일

지은이 | 이민혁
펴낸이 | 임종관
펴낸곳 | 미래북
편 집 | 정광희
디자인 | 디자인 [연:우]
등록 | 제 302-2003-000026호
주소 | 서울특별시 용산구 효창원로 64길 43-6 (효창동 4층)
마케팅 | 경기도 고양시 덕양구 화정로 65 한화 오벨리스크 1901호
전화 02)738-1227(대) | 팩스 02)738-1228
이메일 miraebook@hotmail.com

ISBN 979-11-88794-24-9 03800

값은 표지 뒷면에 표기되어 있습니다.
잘못된 책은 구입하신 서점에서 바꾸어 드립니다.